優莉匡太

高校事変　劃篇

松岡圭祐

角川文庫
24502

優莉匡太

高校事変　劃篇（かくへん）

1

十八歳の笹霧匡太には、冴えない男という自覚があった。

真塚大学経済学部に通う一年生だが、上京したばかりで友達はひとりもいない。背が低めで小太り、黒縁眼鏡をかけ、ファッションについても疎かった。いまも西八王子駅前の忠実屋で買ったチェックのシャツにジーパン姿で、スニーカーに至っては高一のころからの履き古しだった。

テレビがやたら受験戦争というワードで煽りたがる。大学に受からなければ落ちこぼれになると、両親もさんざん発破をかけてきた。第二次ベビーブーム世代の少し前の生まれだが、同学年の数が多い。どの大学も当然ながら倍率が高かった。そんな世のなかで、匡太は必死に勉強した。

偏差値では上の部類といえる真塚大学に入れたまではよかった。受験会場は世田谷キャンパスだったが、経済学部の二年生までは八王子キャンパスだと知り、啞然とせざるをえなかった。社会学部は逆に二年までが世田谷キャンパス、三年以降が八王子キャンパスになるという。

八王子といえば東京であって東京でない、二十三区内から遠く外れた最果ての地ではないか。ひとり暮らしを夢見ていたものの、実際に物件探しに乗りだしてからは、さらに失望させられた。実家のある広島よりはるかに田舎だ。

新宿から電車で一時間近くかかるわりに、八王子駅周辺の家賃は高かった。JR中央線の八王子駅の次は西八王子駅、その次は終点の高尾駅になる。西八王子駅から歩いて十五分の距離に、なんとか安アパートを見つけられた。そこから路線バスで延々四十分、人里離れた山奥に八王子キャンパスはあった。

ここ東京都八王子市内には、三十近くもの大学がひしめきあう、いわば学園都市だと事前にはきいていた。ところが実際に真塚大学の八王子キャンパスを訪ねてみると、まるで山間を切り拓いた秘密基地のような立地で、周りには商業施設どころか民家ひとつない。ひたすら低い山々と緑の絨毯ばかりがひろがっている。真新しいキャンパス内は広く、生協や学食もあるものの、まさに陸の孤島だった。

それなら友達も自然にできるのではと甘い期待を抱いたが、入学してひと月、すでに匡太は打ちのめされていた。

　そもそも私立の真塚大学は、高校からスポーツ推薦であがってきた学生が多かった。陽気で洒落たなりをしている彼らは、初めから仲間どうしでつるみ、地方組の入りこむ隙は皆無といえた。

　なにより衝撃的だったのは、高校と同じようにクラス分けがあったことだ。大学というイメージにつきものの大教室は、専門教育科目の講義に使われるだけでしかない。小中高と変わらない四十人前後の教室で、ふつうに授業があると知り、匡太は暗澹とした気分にさせられた。四月の時点でもう馴染めない空気を肌身に感じていた。

　高校ほど一緒にいる時間が長くはなくとも、クラス内のカーストは確実に築かれていった。匡太は小中高と変わらないポジションへと爪弾きにされた。

　運動音痴の匡太にとって、大学でも体育の授業があること自体、悪夢に等しかった。幸いなのは高校より緩い授業内容であるという一点に尽きる。ボールをパスし合う相手が見つからない苦行に始まり、衆目の前で鉄棒の課題がこなせず、マラソンでも息があがりひとり引き離される。これまでどおりの辛酸を次々と嘗めさせられた。

　体育があるとクラスのなかで見下げられた存在に貶められる。真塚大学一年の前期授業においてもそうだった。一回目の体育の授業を終えて以降、匡太はスクールカースト上位組からくすくすと笑われる、お定まりの日々を送らざるをえなくなった。

経済学部のため女子の数は極端に少ない。匡太のクラスにも七人しかいなかった。ほかの三十人以上がみな男子だった。テレビの深夜放送の影響で、現代は女子大生ブームの世といわれている。輝かんばかりの笑顔を誇る、可愛くてスタイルもいい女子大生は、クラスの七人中四人を占めていた。群がる男たちも『ポパイ』か『ホットドッグ』のグラビアページに載っていそうな髪形と服装ばかり、実際にそれらの雑誌を携えていたりする。

昼休みの時間、学食は混みあう。注文したカツカレーをトレーに載せ、匡太は空席を探しながらうろつきまわった。

ふたつ並んで誰も座っていない席が目にとまった。理想的だった。ところがそのテーブルに向かうと、ひとりの男が仰ぎ見た。

たちまち苦手意識がひろがる。健康に日焼けした端整な面長、やけに涼しい目。肩幅が広いのは体育会系のアメフト部所属ゆえだった。同じクラスの邨井岳士(むらいがくと)が、匡太に気づいたとたん、いつもどおり小馬鹿にしたまなざしに変わった。まるで匡太をテーブルに寄せつけまいとするように、椅子を引くこともなく、身体ごと向き直ってきた。

よく観察するまでもなく、邨井とともにテーブルを囲む一同は、クラスのスクールカースト上位組だった。同じアメフト部の水澄紘典や久斗弘已もいる。誰と誰がつきあっているのか知らないが、クラスでも最も美人の東樹梨愛や、つぶらな瞳が印象的な木竜彩春も同席していた。談笑中だった全員がこちらを見上げる。どの顔にもまだ笑いが留まっていた。みな二十歳になっていないはずが、灰皿の置きタバコが煙を立ち上らせている。

匡太は進退窮まった。むろん立ち去る以外の選択肢はないのだが、背を向けたとたん嘲笑を耳にするのはあきらかだ。どうにかごまかしたくても、邨井と真正面に向かいあってしまった以上、もうどうにもできない。

そそくさとその場から逃げだす。予想どおり邨井らの笑い声が追い打ちをかけてくる。女子たちも遠慮なく笑っているのが癪に障る。匡太は空席を探し、なおも辺りをさまよった。八人掛けテーブルの一席が空いているだけでは、とても座る気になれない。

ひとまわりした挙げ句、さっきの邨井たちに近い、二人掛けテーブルがふた席とも空いていた。不人気の理由は、小さめのテーブルのうえ、やや狭い場所に位置しているからだろう。それでも腰を落ち着けられるのはそこ以外になさそうだった。

匡太は仕方なくそのテーブルに近づいた。邨井がタバコを吹かしながらこちらを見ている。わざと仲間に気づかせようとするかのように、邨井が声を響かせた。「戻ってきたぜ」

なにがそんなにおかしいのか、また笑い声がこだまする。邨井の連れの久斗が、座るなとばかりに椅子に足をかけた。しかしその体勢をとりつづけるには、ふたつのテーブルのあいだは離れている。久斗は苦笑ぎみに足を下ろした。

ようやく匡太は席についた。あいにく邨井らに背を向けられない。連中に横顔を晒（さら）す体勢を変えられない。視界の端に意地の悪そうな笑顔をとらえつつも、食事を始めるしかなかった。

ふと目の前に人影が立った。「ここ空いてるか？」

びくっとして顔をあげる。自分に話しかけたのだろうか。長身の男がトレーを手にし、向かいの席のすぐわきに立っている。

春風が吹きつけるような存在感を帯びた男だった。猫に似た柔らかいくせ毛は褐色がかり、前髪はうねりつつ片目を隠し、後ろ髪のほうは肩まで伸びている。黒々と日焼けした小顔は、とにかく強靭（きょうじん）そうなオスの気迫に満ちているものの、凛（りん）としたなかに無邪気な少年らしさを残す。鼻の高さや角張った顎（あご）はいかにも男らしいが、目はどちらかというと眠たげに見える。腫（は）れぼったい瞼（まぶた）のせいかもしれない。しかし黒目が大きく、生気がなさそうなまなざしの奥から、射るような視線が放たれている。

男は飾らないファッションに身を包んでいた。白いTシャツはシンプルだが清潔感に満ち、引き締まった筋肉によく似合っている。デニムに浮かびあがる自然ないろ落ちぐあいが、さりげなく洗練された雰囲気を漂わせる。

この男か。匡太の心のつぶやきはそんなひとことだった。キャンパス内では何度か見かけたことがある。男子大学生の理想の象徴ともいえる存在で、どこにいようと常に人目を引いていた。むろん上級生だろう。近寄りがたい存在だと、以前から匡太は恐れをなしていた。と同時に、学年が異なっている以上、出会うことはまずないと踏んでいた。まさか向こうから話しかけてくるとは夢にも思わなかった。

周りは急に静かになった。郁井らがクラスの上位組だとすれば、この男は大学の顔ともいえるほどの輝きを放っていた。とりわけ女子たちが視線を逸らせずにいる。男子らも圧倒されたように顔をこわばらせていた。

男は返事をまたず、匡太の前にトレーを置いた。山盛りの生姜焼き定食にミートソースのパスタ、ビビンバとサラダ、スープが載っている。二人前以上の分量だった。

着席すると男の目が隣のテーブルに向いた。「よお、郁井。楽しくやってるか?」

郁井らは凍りついていた。この先輩が匡太と同席した事実が信じられない、誰もがそういたげな顔をしている。ほどなく邨井が居住まいを正した。「あ、はい。どうも……」

「おめえら、アメフト部のチームミーティングで、最近見かけねえな」男はラークの赤箱からタバコを一本引き抜き、口にくわえた。「練習にはでてるのか」

すばやく邨井が腰を浮かせ、ライターに火を灯すと、男の口もとに差しだした。

「おう」男がタバコに火をつけた。「悪いな」

煙をくゆらせながら男が邨井を睨みつける。邨井はたじたじになっていたが、あわてぎみに男におじぎをすると、自分の席に戻っていった。

男の目が匡太に向き直った。「俺は三年の唐辺丈城。社会学部だ」

「あ」匡太はおじぎをした。「あの……。経済学部一年の笹霧匡太です」

「へえ。匡太君か」丈城がくわえタバコできいた。「部活は？」

「やってないんです……」

「そっか。どこに住んでる？」

「西八王子駅のほうで」

「めじろ台駅じゃねえんだな。みんな京王線を使いたがる。新宿まで行くのに安いからな。なんで西八王子にした？」

「JRは高いですけど、駅の周りになにもないのはちょっと」

「あー。ほんと、めじろ台駅なんてなにもねえのな。沿線の駅もつまんねえのばかりだし、新宿に近くなるとトンネルばっかで、窓の外も見てられなくてよ」

「はい。そう、そうなんです……」

「じゃ中央線で新宿へ遊びに行ってんのか」

「最初のうちは……。ちかごろはご無沙汰で」

「なんでだよ」

「遠いんです。帰りがヘトヘトになります。中央特快は混んでるし、快速だと三鷹から先は各駅停車で」

「三鷹まですっ飛ばせるだけでも速えんじゃねえのか？」

「そうでもないんです。途中で特急電車に抜かされるので、長いことホームでまたされたりして。999に喩えれば、三鷹まではまだ太陽系です」

郁井たちのテーブルが苦笑を漏らした。匡太ははっと息を呑んだ。また余計なことを口走ってしまった。漫画やアニメに喩えれば馬鹿にされる。その原則をうっかり忘れていた。

ところが唐辺丈城はにやりとした。「面白えな！　するとあれか。アンドロメダをでるのは国立(くにたち)とか西国分寺(にしこくぶんじ)あたりか。もっと先か？」

匡太は面食らいながらもうなずいた。「そ、そうです。いよいよ終着駅が近いと感じるのは、立川(たちかわ)から先で」

「日野(ひの)とか豊田(とよだ)とか、最終回前の引き延ばしみてえでかったるいのな。あれだろ。途中の武蔵小金井(むさしこがねい)、東小金井、武蔵境(むさしさかい)とか、どれもたいして人も降りねえし外は真っ暗だし、あってもなくてもどっちでもいいよな。『999』のどうでもいい話と同じで」

「そうなんです！　ボトルショーの回みたいなもんです」

丈城が真顔になった。「ボトルショー？」

「いえ、あの……。全体のストーリーに影響しない、一話完結のエピソードをそう呼ぶんです。総集編とか映画とかでカットされがちな」

「へえ。知らなかった」

会話が途絶えた。唐辺丈城は遠慮なく食事を始めた。豪快な食べっぷりだった。匡太はただ困惑をおぼえていた。できれば退席したい。だがこんな男を怒らせたらどうなるかわからない。事実として隣のテーブルでも、郁井らはしきりに腰を浮かせたがっているようすだが、いっこうに動けずにいる。周りの誰もがそんな感じだった。

丈城が生姜焼きを頬張りながら、また顔をあげた。「食わねえのか」

「ああ、はい。いただきます」匡太はスプーンを手にとると、カツカレーをほんの少しすくい、そっと口に運んだ。

しばし匡太をじっと見つめていた丈城が、にわかに笑い声を発した。「おめえ、ふだんからそんな食い方じゃねえだろ」

「……はい？」

「小食の体型には見えねえけどな」

いつものからかいが始まったかと思いきや、丈城の顔には屈託のない笑いだけがある。その表情を見かえすうち、匡太も自然に微笑した。「そうですね」

「菓子とか食ってんだろ？　いつもは」

「はい。間食は多いほうで……」

「どんな菓子を食ってる？」

正直に答えないとどんな目に遭うか予想もつかない。強迫観念から匡太はすなおにいった。「ビ、ビックリマンチョコとか」

隣のテーブルはもう笑おうとしなかった。邨井らの判断は正しかったかもしれない。

丈城は身を乗りだした。「マジか。チャックン神童（じんどう）のシール持ってるか」

「は、はい。ダブっちゃって」

「ダブった？　二枚あんのか。スーパーゼウスは？」

「持ってません。まだでてこなくて」

「そりゃいい」丈城は尻のポケットから財布をとりだした。なかから引き抜いたのは、なんとビックリマンチョコのおまけシール、スーパーゼウスだった。それもビニールコーティングされたレア物だ。丈城が提案した。「チャックン神童があるなら交換しようぜ」

匡太はあわててスプーンを手放した。皿にぶつかったスプーンがけたたましい音を立てる。かまわず床に置いたカバンをまさぐり、コレクションのプラスチックケースを開ける。震える手でチャックン神童のシールをつまみ、丈城に差しだした。

丈城は満足そうに受けとると、スーパーゼウスのシールをテーブルに滑らせてきた。

「ほらよ」

信じられない。ビックリマンチョコを何個買っても、いちども巡り会えなかった稀少品、スーパーゼウスがまぶしいばかりの光沢を放っていた。

向かいの席で丈城も上機嫌そうにしていた。隣のテーブルにシールをかざすと、丈城が声を張った。「おめえら知ってるか。悪魔VS天使は奥が深えんだ。裏に書いてある物語が、また味わいがあってよ」

邨井や水澄、久斗はひきつった笑顔でうなずいた。樹梨愛や彩春は媚びたように目を細めている。

丈城はシールを大事そうにしまいこむや、また匡太に向き直った。「食おうぜ」

「は……はい」

心がすっと軽くなる。こんな思いをしたのはいつ以来だろう。丈城が豪快に食べ進めるおかげで、匡太もいつものペースで食べるのを躊躇せずに済んだ。デブは飯を吸うように食うと、ふだんから揶揄されてきたが、きょうは人目を気にしなくていい。丈城の食いっぷりは掃除機以上だった。みるみるうちに生姜焼き定食をかきこんでいく。匡太も負けじと食べつづけた。

皿を平らげると丈城がたずねた。「西八王子駅付近にひとり暮らししてるのか？」

「そうです」

「実家は？」

「広島で」

「遠いな。家賃払うのにも苦労するだろ」

「そのとおりです……」

「次の授業は？」

「情報システム概論です。大教室Ⅱで」

「じゃあ大教室Ⅱまで一緒に行くか」丈城が立ちあがった。

匡太もあわてて腰を浮かせつつ、丈城のトレーに手を伸ばした。「ぼ、僕が片付けるので」

すると丈城が匡太の手首を握った。匡太ははっとして丈城の顔を見つめた。

見かえす丈城が微笑を浮かべた。隣のテーブルに顎をしゃくる。奴らに片付けさせればいい、目がそんなふうにうったえていた。

郁井が飛んできた。「お下げします」

「ありがとよ」丈城が当然といいたげにテーブルを離れた。「匡太、行こうぜ」

「は」匡太はびくつきながらカバンを拾い、丈城を追いかけた。「はい」

丈城が歩くだけで周りの視線を釘付けにする。女子たちが総じてうっとりとしたまなざしを向けている。ただし一緒にいる匡太に目を移すと、誰もがいっせいに眉をひそめる。なぜこんな底辺を連れ歩くのかと、みな疑問のいろを浮かべている。匡太はまたも肩身の狭い思いを強いられた。

学生で賑わう中庭から事務室前のロビーへと向かう。そこを抜ければ大教室ⅠとⅡがある。歩きながら丈城が問いかけてきた。「運転免許は?」

「とってません」

「クルマの運転に興味ねえのか」

「ありますけど、お金がなくて」

「ひとり暮らしだと辛えよな。家賃はバイトで稼いでるわけか」

「いえ……。バイトもなかなか見つからないんです」

職種を選り好みしているほうが悪い。きっとそうにちがいないと匡太は思った。とはいえ同世代が多いため、どこも競争が激しいのは事実だ。好景気でバイト情報誌は電話帳のように分厚く、それだけ求人があるのだが、匡太が雇用されそうな仕事はわずかしかない。稼ぎがよさそうなのは飲食店のホール係か警備、それも深夜帯だった。少しでも洒落た業務となると、どうせルックスに勝る連中が採用される。このキャンパス内も、唐辺丈城ほどでないにせよ、ファッショナブルながら押しの強そうな見た目の連中だらけだった。

丈城が助言の口調でいった。「もし免許とったらよ、免許証は靴下のなかにいれろよな」

「靴下ですか……?」

「ああ。土踏まずの下に隠しとくのがいちばん安全だ」

どういう意味だろう。匡太が疑問に思っていると、女子大生の三人組がさも嬉しそうに近づいてきた。「丈城君」

「おう。純菜に聖子、彩名か。彩名はあいかわらずきれいな脚してんな」

丈城は彩名のスカートの裾をつかむと、いきなりまくりあげた。美脚の太股があらわになる。匡太はどきっとした。彩名は悲鳴に似た声を発し、両手でスカートを押さえたものの、なんと笑顔のままだった。はしゃぎながら丈城の胸もとに軽く肘鉄を食らわせる。丈城もへらへらと笑っている。

こんな関係は男の妄想ではないのか。まるで青年誌に掲載されている漫画だ。女のほうにしてみれば、内心嫌悪しながらも、無理やり楽しげに振る舞っているのではないか。匡太はそう思ったものの、彩名という女子大生は声を弾ませ、丈城に近況報告をし談笑しあっている。ひょっとしてカップルだろうか。しかしそれを見守るほかのふたりも、満面の笑みを浮かべつつ、恋人に注ぐようなまなざしを丈城に向けている。

三人にかぎらない。近くを通りかかる女子大生がみな丈城に視線を投げかけてくる。目が合うと誰もが惚気た表情になる。丈城も手を振ってそれに応える。すると女子大生は例外なく黄いろい声で飛びあがる。まるで旬の男性アイドルを目にしているかのような反応だった。

いま丈城を囲む三人も恍惚とした面持ちだったが、徐々に匡太の存在に気づきだし、怪訝そうなまなざしを向けてくる。

丈城が三人にきいた。「どうかしたか」

三人の笑顔に複雑ないろが交ざりだした。うちひとりが匡太を横目に眺め、遠慮がちにささやいた。「えっと……」

「あー、紹介するぜ」丈城はいきなり匡太の肩を抱き寄せた。「俺の後輩、笹霧匡太だ」

啞然とする反応があった。匡太も恐縮とともにうつむいた。場ちがいなのは自覚せざるをえない。三人の女子大生も、なぜこんなのが丈城と一緒にいるのかと、ただ疑わしげに戸惑うばかりだ。

しかしそんな空気はわずか数秒かぎりだった。丈城の連れを無下にできるはずもないからか、三人とも笑顔で匡太に挨拶した。彩名がにっこり微笑んで頭をさげた。

「初めまして」

匡太の脈拍は異常なほど加速していった。三人もの女子大生に見つめられている。しかも親しみをこめて挨拶してくる。匡太はおじぎをかえしつつも、顔が火照ってくるのを感じていた。こんな状況は初めてだ。

丈城も笑いながら三人にいった。「こいつを見かけたら、俺だと思っていろいろ便宜を図ってやってくれ。一年のころのノートとか、試験前に貸してやれよ。選択した授業が同じだったらの話だけどな」

はぁい、という返事が三人からいっせいにかえってきた。丈城は匡太の肩に手をまわしたまま歩きだした。三人の女子大生が名残惜しそうに見送る。彩名がスカートをめくられたことを不快に思っている気配はない。

事務室前を通りすぎた。大教室Ⅱのドアはまだ閉ざされていて、その前に人だかりがしている。歩を緩めつつ丈城がいった。「経済学部だけでも大人数だよな。帰りはバスか？」

「そうです」

「バス停で並ぶんだろ？クルマで来てる奴らが羨ましくねえか？」

このキャンパスには駐車場がある。早々に運転免許を取得した学生がクルマで通学している。親元で暮らす学生は余裕に満ちていた。クルマも父親のお下がりかもしれないが、ガソリン代ぐらいは払っているにちがいない。ひとり暮らしの匡太にはとても真似できなかった。

匡太はすなおに認めた。「そりゃ羨ましいです」

「だよな。俺もクルマで来てる。よけりゃ西八王子まで送ってやるよ」

「え……？　だけど、部活の練習とか……」

「心配すんな。あちこち掛け持ちしてるから、いつもでるとはかぎらねえんだよ。きょうは何時限目までだ？」

「四時限目までです」

「じゃ終わりは四時五十五分だな。駐車場へ来てくれ。まってるぜ。じゃあな、匡太。チャックン神童ありがとよ」

丈城はそれだけいうと、後ろ向きに歩きだしながら手を振った。匡太も手を振りかえした。背を向けた丈城の後ろ姿が雑踏に消えていく。

大教室IIのドアが開いた。学生らがぞろぞろと動きだす。匡太もそれに倣った。心なしかいつもとちがい、周りに避けられていない気がする。ついいましがた唐辺丈城と話していたからか。ハロー効果みたいなものだろうか。

頭がふわふわしてくる。妙に足取りが軽かった。席が埋まっていく大教室のようすが、ドラマかアニメのワンシーンに思える。誰にも遠慮せず空気に溶けこめる、それはどんなに幸せなことだろう。認めざるをえない、こういう毎日を望んでいた事実を。

2

　四時限目の授業が終わった。匡太は外にでた。空は淡い紫いろに染まり、山々がシルエットのように浮かんでいる。自然の宝庫としかいいようのない山奥だけに、これから果てしなく暗くなっていく。ひんやりとした微風が肌に触れる。夜の訪れを告げるかのごとく、少しずつ空気が冷えつつあった。

　キャンパスの正門の外にはバス停がある。ロータリーにいくつもの乗り場が設けられていた。どこも長蛇の列ができている。乗車までふつう三十分はかかる。バスの出発後も、京王線のめじろ台駅まで二十分、そこから西八王子まではさらに二十分を要する。

　匡太はそちらに向かわなかった。キャンパス内の私道を駐車場方面へと歩いていく。しだいに足が重くなってきた。気持ちが華やいでいたのは午後最初の講義の途中までだ。四時限目を迎えるころには、もう深刻な気分に陥っていた。キャンパスでいちばんの人気者と友達になれるわけがない。担がれているのかもしれなかった。駐車場に現れた匡太をみなで笑うつもりではないのか。

初めからそんな前提で向かえばいい。丈城が郁井らとともにクルマに乗り、匡太を嘲笑しながら走り去る、そういう状況を思い描いておくべきだ。あらかじめわかっていたことなら傷つかない。

木々の枝葉が風に揺れていた。鳥のさえずりもきこえる。キャンプ場へつづくような小径を下っていくと、その先に舗装された駐車場があった。

駐車区画が半分ほど埋まっていた。人影はない。少なくとも馬鹿にする集団が待ち構えているわけではなさそうだ。とはいえ匡太は途方に暮れながらたたずむしかなかった。

にわかにヘッドライトの照射が辺りを白く染めた。轟くエンジン音とともに一台のクルマが、駐車車両の横並びの列から抜けだしてきた。匡太の前に徐行してくる。啞然とせざるをえない。駐車場内に停まるクルマは、小ぶりなセダンや軽自動車がほとんどだった。いま匡太の目の前に横付けされた車体は途方もなく大きい。トヨタのクロスカントリー車だとわかった。免許を持っていなくても、匡太はあらゆる車種に精通していた。雑誌で新車の情報をしきりに読みこむからだ。ランドクルーザー60、4WDのハイルーフ。それも最近発売された、最上級グレードの4000VXだ。

助手席側のパワーウィンドウが下りた。運転席の唐辺丈城がこちらを見た。「早かったな。乗れよ」

後部座席には誰も乗っているようすがない。嘲笑など取り越し苦労にすぎなかったらしい。そうと知るや匡太の胸はふたたび躍りだした。ドアを開け、ただちに助手席に乗りこんだ。

車内空間は広々としていて、革のにおいが漂っていた。座席の位置が高く、ほかのどのクルマも見下ろす状況にあった。

丈城が悠然とステアリングを切った。「でけえから運転しづれえとかいう奴らは、なにもわかってねえよな。馬力もあるほうが一般道でも楽なんだよ」

「12H－T型ですよね、2H型直6ディーゼルエンジン、直噴ターボ」

「よく知ってんな。免許ねえんじゃなかったか？」

「クルマを持つのを夢見てないわけじゃないんです」

「想像にふけるだけか」丈城はランドクルーザーを公道に差し向けた。クルマの流れに乗ると周りに速度を合わせる。無理な追い越しをかけたりはしなかった。苦笑に似た笑いを浮かべつつ丈城がいった。「心理学の適応機制に白昼夢ってのがあるよな」

「ああ……。高一のころ保健体育で習いました」

「身体ばっか鍛えてて頭の悪い体育教師が、慣れねえ教室内の授業で、必死に教科書を読みあげててよ。その教師がほざいてた。白昼夢に浸るってのはなんの進歩もねえ行為にすぎねえ。取り柄のねえ馬鹿のやることだと」

「そうですか……」

「低脳教師は白昼夢と妄想の区別もついてねえのな。白昼夢ってのは覚醒状態で一時的に夢のなかに浸り、抑圧されてる願望や衝動を空想で満たし、環境に適応しようとする心の働きだぜ？」

そういう状況なら日ごろから経験している。匡太はつぶやいた。「僕には妄想と白昼夢、両方ともあるようです」

「バイトはやってねえといってたな。家賃はどうやって捻出してる？」

「あの……。親の仕送りで……」

「なに？　仕送りだ？　マジか。広島から上京しといて、親のスネかじってんのか」

「最初はバイトで自活するつもりだったんですけど、いいのが見つからないといったら、お母さんが振りこんでくれて」

「オトンじゃなくオカンか。その言いぐさからすると、オトンは反対にまわってるんだな」

「……お母さんはお父さんに黙って仕送りしてくれてます。知られるとお父さんが怒るからって」

「なあ匡太。おめえ漫画は読むか」

「もちろんです。ジャンプとか」

「『ドラゴンボール』や『ウイングマン』が今週号どうだったとか、そういう話じゃなくてよ。藤子不二雄（ふじこふじお）の短編に『明日（あした）は日曜日そしてまた明後日（あさって）も……』ってのがあってな」

心の奥底を見透かされた、あるいは抉（えぐ）られたような感覚だった。匡太は思わず声をあげた。「知ってます。古本屋で買った短編集で読みました」

「あの漫画にでてくる坊一郎そのものだな、おめえは。っていうか、あの坊一郎の両親、おめえのオトンとオカンに当てはまらねえか」

図星だと匡太は思った。内気な坊一郎の両親は過保護なわりに、自分たちの満足しか考えていない。息子が大学をでて一流商社に勤め、親の老後の面倒をみてくれることをあてにしている。両親の行きすぎた干渉と勝手なぬか喜びが、匡太の父母にそっくりだと常々感じていた。

ランドクルーザーが京王線めじろ台駅のわきを通過した。丈城が運転しながらいった。「自分の不運を嘆く前に、おめえは両親に疑いの目を向けなきゃな。社会とうまく折り合いがつけられねえ理由は、親のずれた教育のせいなんだぜ？」

「そうなんでしょうか……？　親はふたりとも悪い人じゃないし、僕を育ててくれたんですし……」

丈城が大仰にため息をついた。「そりゃ子供を育てるのは親の義務だろ。だが理想を押しつけてくんのはまちがってる。おめえはもっと主体性を持って生きなきゃならねえんだよ」

「主体性ですか……」

「そのためにはバイトしろ。自分で稼がなきゃ、いつまで経っても親から独立できねえ」

わかってはいる。やはり職種を選ばずバイトすべきという論調か。結局のところそこへ行き着くのだろう。たぶん丈城のような男に共感は求められない。どこでバイトをしようが、匡太は仲間内でうまくやっていく自信がなかった。まして楽しみが皆無な仕事ではつづけられるはずもない。

丈城が問いかけた。「どんなバイトをしたい？」

「えっと……。なんていうか、趣味と実益を兼ねてる感じの……」

「具体的にいえよ」

「あの……。ビデオレンタル店とか」

「ふうん。ビデオレンタルか。そんな店あちこちにあるだろ」

「どこもバイト募集してないんです。春ぐらいにすぐいっぱいになっちゃったらしくて。それも僕なんかより接客向きの、見た目がいい感じの学生たちが採用されてて」

「なんだよそれ」丈城が笑った。「ビデオ屋なんてソフトを貸して、会計して、返却時に受けとって、それだけだろが。接客と呼べるほどのもんじゃねえし、見た目なんか関係ねえよ」

「でも採用されるとはとても思えないんです……」

「ビデオレンタル店で働きたい理由はあんのか？」

「映画やアニメが好きだし、ビデオをよく借りてきてるので、ああいう店なら時給が安くても、なんとかつづけられそうだなって」

「ふうん」丈城はなぜかにやりとした。いきなり交差点でステアリングを切った。ランドクルーザーは西八王子へ向かう幹線道路を外れ、匡太の知らない脇道に入った。

肝を冷やしながら匡太はきいた。「どこへ行くんですか？」

「おめえにバイト先を紹介してやる」丈城は荒っぽい運転に変わり、右に左にクルマを追い越していった。「心配すんな。友達にバイトの世話してやんのは、俺の趣味みてえなもんだからよ」

3

黄昏(たそがれ)をわずかに残す空の下、遠方にぽつんと光が見えてきた。雑木林の向こう、看板にネオンサインが浮かびあがる。〝ビデオレンタルショップ エリクシ〟とあった。VHSとBetaのロゴが点滅している。

駐車場に数台のクルマが停まっていた。空いている駐車スペースに、丈城がランドクルーザーを滑りこませた。エンジンを切るやドアを開ける。丈城が車外に降り立った。匡太も急ぎそれに倣った。

日没後の山の風は少し肌寒かった。店内から漏れだす明かりと音楽が、温かな避難所のように見えてくる。

匡太は戸惑いをおぼえた。「西八王子のアパートからこんな遠くまで、どうやって来ればいいのか……」

丈城が道路の先を指さした。「百メートルほど先にバス停がある。西八王子からなら、乗り換えなしの一本で着く。運行の間隔は空いてるが、時間をちゃんと把握しときゃ問題ねえ」

店舗はわりと大きな平屋建てだった。丈城がエントランスのドアを開けると、ベルがチリンと鳴った。

内部は雑多な雰囲気に満ちていた。ビデオレンタルには大型のチェーン店と、小規模な個人経営の店とがあるが、ここはその中間の様相を呈している。棚にビデオのパッケージがずらりと並んでいた。どの棚にも手書き風のポップが飾られている。〝新作〟〝アクション〟〝ホラー〟〝邦画〟。そこかしこに〝貸出中〟の札がかけてあった。在庫がある場合でもパッケージは空っぽだ。会員登録した客が、パッケージをレジへ持って行くと、店員がバックストックのカセットから該当するソフトをとりだし、レンタル用のケースにいれてくれる。

客は数人。全員が暖簾の向こう、すなわち十八禁コーナーに引き籠もっている。レジは出入口のすぐわきにあった。店員は若い男だったが、学生よりは少し上に思える。しかし丈城を見るなり、ただちに立ちあがりおじぎをした。

丈城は軽い口調で声をかけた。「飯吉。やってるか」

「ええ。おかげさまで、わりと順調で」

匡太は面食らった。年上とおぼしき店員が丈城に敬語で接している。丈城は単なる大学生ではないのか。

しばし店員と小声で喋(しゃべ)ったのち、丈城が振りかえった。「匡太。ここをどう思う?」

過不足ないビデオレンタル店だった。これといって特徴はないが、だからこそ希望どおりの店舗といえる。匡太はおずおずといった。「いいお店です」

「ここで働きてえかよ」

「……そりゃ、もちろんです」

「だとよ」丈城が店員に向き直った。「たしか頭数が不足してるんだったよな?」

店員がうなずいた。「できればすぐにでも入ってもらいたいところで」

思わず耳を疑いつつも、またもや気分が昂(たか)ぶってきた。信じられない状況だ。匡太は声を弾ませた。「すぐにでも履歴書を書いて持ってきます」

ところが丈城は首を横に振った。「んなもんいらねえよ。採用するといったら即採用だ。こっちへ来な」

なんと丈城はカウンターのなかへ入っていった。バックヤードを奥へと向かっていく。店員はぼんやりとレジに立ったままだ。匡太は戸惑ったものの、丈城を追いかけざるをえなかった。

狭い通路の両脇をバックストックのビデオカセットが埋め尽くす。そこを抜けると八畳ほどの土間があった。ふたりの男が立ち働いている。どちらも丈城を見ると会釈した。

妙な空間だった。ビデオデッキが十台近く棚に並び、どれもモーターが唸りをあげている。複数のテレビには映画やアニメ、アダルトビデオの映像が表示されていた。机にはビデオカセットやパッケージが山積みされている。わきにヘアドライヤーが投げだしてある。透明ポリシートは熱で縮むため、ヘアドライヤーの温風を当てれば、きれいにシュリンク包装できる。その作業場だろうか。だがビデオデッキのほうはいったい……。

丈城が匡太の肩を抱き寄せた。「仕事内容を説明する。そこにあるでけえコピー機はな、ゼロックスの試作機で、まだ世にでまわってねえしろものだ。従来のカラーコピーはいろ褪せた仕上がりだが、こいつはレーザー式でよ。本物とそっくりの色調でコピーできる」

「コピー……。なにをコピーするんですか」

「知れたことよ。ビデオレンタル店はどこもソフトをバックストックにしてて、店内にはパッケージしかねえだろ。パッケージだけを万引きする客なんかいるはずねえと油断してやがる。だからパクってこい」

「……はい？」

「西八王子周辺に三軒のビデオレンタル店があるのは知ってんな？　そこへ行って新作のパッケージをパクれ。透明ポリ包装を開け、ケースからジャケットを抜き、ここでコピーしたら、もういちどポリ包装し直して、店内に戻してこい」

「あ、あの……。それはつまり……」

「盗むわけじゃねえ、ちょっと拝借するだけだ。パッケージは店の棚に戻すんじゃなく、まっすぐレジへ持ってけ。客としてそのソフトを借りるってことだ。借りたソフトはここへ持ってきてダビングしろ」

寒気がしてきた。匡太は震える声で丈城にたずねた。「違法行為では……？」

「おい匡太！　おめえ西八王子のビデオレンタル店、いちどぐらい利用したよな？　新作映画のパッケージをレジに持っていって、びっくりしなかったか。店員はこういったろ。〝ダビングテープになっちゃうんですけどいいですか〟って」

「はい。たしかに……」

八王子は故郷の広島よりも田舎なのではないか、そう思える根拠のひとつがそれだった。広島では少なくとも貸しだし中のソフトは借りられなかった。しかし八王子では、入荷したての新作でも在庫ありとなっている。驚きつつも喜びながらパッケージをレジに持っていくと、丈城が口にしたようなひとことを告げられる。貸しだされるのは、市販のビデオカセットにモノクロコピーのラベルを貼りつけただけのダビングテープだ。

商売としてはかぎりなくグレーではあるが、客の了解をとったうえでの貸しだしだけに、ぎりぎりセーフ。この辺りの業界はそんな解釈なのだろうか。

丈城がいった。「もちろんおめえが借りる新作はダビングテープじゃ駄目だ。ここでダビングするんだからな、ちゃんとしたソフトを借りてこい。日曜の夜なら、新作でも案外、店に戻ってるもんだぜ」

「あのう……。ひょっとしてこの店で貸しだしてるのは、すべて海賊版ですか……?」

「最近はな。むかしはそうでもなかった。だがまともにやってたんじゃ商売が立ちゆかなくなってよ。ソフト自体が高え（たけ）し、業界にもいろいろ変化があってな」

「変化ですか……?」

「直営店契約しねえとメーカーが卸さねえといってみたり、アダルトビデオは月一回のリース契約で常時たくさん新作を供給してやるが、非契約店には一本も卸さねえといいだしたり、今後は販売用と別にレンタル専用ソフトしか貸せねえようにするとか、奴らやりたい放題でよ」

やりたい放題はむしろこの店ではないのか。匡太は丈城を見つめた。「契約料の支払いを節約するための海賊版なんですか？」

「いまの話をきいてなかったのかよ。質問するけどな、匡太。メーカーはどうやってソフトを作ってる？」

「そりゃ……。マスターテープからダビングしてるんでしょう」

「当たりだ。ラベルやパッケージのジャケットは？」

「印刷してます」

「だろ？　ここの工程となにがちがう？」

「いえ、でも……」

「借りたカセットの上面と背、二か所のラベルをカラーコピーしろ。裏に両面テープを貼り、表面にはビニールコーティングのフィルムを貼って、カッターナイフできれいに切りとれ。これで本物と寸分たがわないラベルができる。ジャケットのほうはパッケージに挿しこんだあと、透明ポリ包装しちまうから質感に問題ない」

匡太は激しく動揺していた。「本物そっくりの偽物を作るんですか？　じゃここは海賊版工場……」

「いかにもそのとおりだぜ。海賊版ってのはかっこいいネーミングだよな。考えた奴は馬鹿だ。俺たちを喜ばせて、いっそうその気にさせてどうするってんだ。海賊版工場！　素敵な響きじゃねえか。おめえもそう思うだろ？」

否定したら危害を加えられるかもしれない。匡太はやんわりと懸念を表明した。

「ダ、ダビングテープを本物の市販ソフトに見せかけるのは、かなり難しいと思います。市販のＶＨＳカセットは、蓋の部分が黒です。でもソフトは茶いろの蓋になってるじゃないですか」

丈城の鋭いまなざしが見かえした。「匡太」

「は、はい……」

「おめえはなんて抜け目がねえんだ。そこに考えが及ぶとはたいしたもんだ。だが案ずるな。いいか。アダルトビデオのソフトはほとんど三十分テープだ。この店も当初はちゃんと入荷してたから、古い在庫はちゃんとしたソフトだ。そいつの上からダビングしちまえばいいんだ」

「ち……茶蓋カセットのアダルトビデオに、別の新作アダルトビデオをダビングするんですか」

「そうだ。ベンジンを使えばラベルは綺麗に剝がせる。録画防止のツメ穴をセロテープで塞いでダビングすりゃいい。見ろ。ここにあるビデオデッキはどれもＦＥヘッド内蔵でよ。録画の始まりに顕著なレインボーノイズがでねえ。重ね録画してもバレにくい」

「アダルトビデオはぜんぶ茶蓋ですけど、映画のほうはワーナーが青蓋、コロンビアが赤蓋ですよ」

「だからワーナーの新作映画が入荷したら、むかしのワーナー映画のカセットに上書きするんだよ。ラベルだけ貼り替えろ」

「そうすると古い映画を借りに来た客の需要に応えられないことに……」

「あのな、匡太。店内を見てみろ。旧作の棚にどれぐらい貸出中の札がかかってる？　おめえみたいなマニアは古い映画を借りるだろうけどな、そんなの相手にしてちゃ商売成り立たねえぜ？　常に新作を置いとくんだよ。パッケージは一個だけだが、バックストックには三十本のカセットをな」

たった一個のパッケージに対し、複製した海賊版カセットを三十本。匡太は鳥肌が立つ思いだった。「そうするとだんだんテープが劣化していきます。新作なのに不自然に古いカセットと、ちぎれそうなテープを貸しだすことになるんじゃ……」

「カセットはベンジンで磨いて、真新しいラベルを貼れば新品に見える。だがテープのほうはおめえのいうとおりだ。そういうときには市販のカセットテープにダビングする。茶蓋や青蓋、赤蓋パーツのみを取り外し、そっちに付け替える」

「そんなことできるんですか？」

「ああ。ソフト用の茶蓋カセットは、じつは分解すると内部の芯（しん）が折れて、使い物にならなくなる。レンタルした客がテープを抜いて、すり替えちまうのを防ぐためにな。だが市販の黒蓋カセットはそうじゃねえ。だから古い茶蓋カセットを、壊れる前提で分解し、茶蓋のみを外す。市販カセットから黒蓋を外し、茶蓋に付け替える」

「青蓋や赤蓋も同じように……ですか？」

「当然だろ」

「パッケージやラベルには、メーカーのホログラムシールが貼ってありますよ」

「この店の管理用バーコードシールをその上から貼り付けちまえばいい」

　ソフトからダビングするのだから、むろん映像と音声が劣化する。ただし一回のダビングぐらいなら、家庭のテレビで観ていて気になるほどではないだろう。現に丈城の主張するとおり、ダビングしたテープを堂々と貸しだす店や、ダビングサービス自体を収入にしている店も少なくない。とはいえ……。

　匡太は最後の抵抗を試みた。「西八王子でソフトを借りて、バッグにたくさん詰めこんだとしても、せいぜい二十本か三十本でしょう。それを持ってこの店とバスで往復してちゃ効率が悪いです。ダビングも時間がかかりますし、僕には不向きですよ。この近くに住んでるか、クルマかバイクに乗ってる人こそ適任です」

丈城はふいに顔を輝かせ、人差し指を匡太に突きつけた。「西八王子のおめえのアパートを拠点にすりゃいい！　ビデオデッキを三台貸してやる。VHS二台とベータ一台だ。あとカラーコピー機と、シュリンク包装用のフィルムの束もな。店には立たなくていい。怪しまれるからな」

「あ、あの……。そういうのはちょっと……」

だが丈城は聞く耳を持たないようすで、室内にいるほかのふたりを振りかえった。「おめえらはどう思う？」

ふたりともうなずいた。ひとりが手を休めることなく応じた。「いいじゃないっスか。ガサが近(ちけ)えし」

「よけいなことをいうな」丈城は男をたしなめたのち、匡太に向き直った。「機械はぜんぶ運んでやる。おめえはアパートにいるあいだ、西八王子のビデオレンタル屋をめぐっては、いまいったことをぜんぶやれ」

「だ……だけど、それじゃ僕の部屋が、海賊版製造工場ということに……」

「匡太」丈城があらためて強く匡太の肩を抱き寄せた。「店の売り上げの一割がおめえの報酬だ。ビデオレンタル店は新作の入荷数が大きくものをいう。おめえの頑張りしだいで入荷数があがり、収益も上昇する。悪くねえ話だろ?」

一割。この店はひと月にいくらぐらい売り上げがあるのだろう。百万円として十万円か。

金額が頭に浮かんだ瞬間、気が乗りだすのを抑えきれなくなった。親のスネかじりの貧乏学生としては、途方もない金額だ。

丈城が駄目押しのように強弁してきた。「西八王子の店でおめえが借りるソフトのレンタル料は、ぜんぶこっち持ちだ。おめえはこれから好きなだけ映画やアニメ、アダルトを観放題なんだぜ? 気にいった作品は自分用にダビングしてコレクションできる。こんな贅沢(ぜいたく)な暮らしがほかにあるかよ?」

心が大きくぐらついた。部屋に引き籠(こ)もったまま新作ソフトを好きなだけ観られて、しかもそれが金になる。外出好きではない匡太にとって、なんとも魅力的な話だった。同世代から蔑(さげす)まれたり、除(の)け者にされたりせず、ひとりきりで働ける。

そうはいってもこれは犯罪だ。この役割を担う人間を探すために、丈城は匡太に接近したのだろうか。あるいはほかにも違法な職業を多く抱えていて、適材適所に人を送りこむ立場なのか。そもそも唐辺丈城はこの店にとってどういう存在なのだろう。

大学三年にして経営者なのか。

「あのう」匡太は腰が引けていた。「少し考えてから返事しても……？」

「いいとも」丈城の据わった目が間近から見つめてきた。「五秒だけまってやる」

息が詰まる思いだった。法に背く行為だと承知してはいても、ひとたび強力な肉食獣に睨まれたからには、その権力に身を寄せるほうが楽に思えてくる。

恐怖にさいなまれつつも、ふと自分を振りかえる。いままでどおりの暮らしをつづけるとして、その先になにがある。ろくなバイトに恵まれない以上、母親からの仕送りに頼るしかない。息子を人見知りの小太りに育てた両親。父は典型的な内弁慶で、会社では頭があがらないくせに、家ではいつも偉そうにしている。母も父の振るまいを増長させるばかりだった。思いきって新たな道に踏みださねば人生は変えられない。たとえそれがきな臭い裏街道であっても。

それに……。今後の大学生活もある。丈城が味方についていれば、対人関係の不安は解消される。いま丈城は三年生だ。匡太が八王子キャンパスに在籍する二年間、常に丈城を頼りにできる。約束が事実なら、そのあいだ高収入を継続して得られる。

ダビングテープの貸しだしなど、どこの店でもやっていることだ。ただほんの少し手が込んでいるだけだ。違法行為といっても高が知れているではないか。いままで恵まれない日々を送ってきた。世のルールから多少はみだすだけの謂れはある。冴えない男に生まれた匡太にとって、これは将来を賭けた挑戦であり冒険にちがいない。

匡太は首を縦に振ってみせた。「やります……」

「そうこなきゃ」丈城が凄みのある笑いを浮かべた。「おめえはもう俺の親友だ、匡太。けっして後悔させせねえからよ」

4

日曜の朝、作業服を着た見知らぬ男たちが、匡太の安アパートを訪ねてきた。彼らは入れ替わり立ち替わり、機材や棚を次々と搬入した。古いビデオソフトを詰めこんだ段ボール箱も山積みになった。六畳ひと間の居住空間は寝床を残し、大部分が海賊版工場と化してしまった。

火事が心配になるほどのタコ足配線で、三台のビデオデッキとコピー機に電源をいれると、異様な唸りが常時鳴り響くのがわかった。特にコピー機は内部を冷やすためのファンが作動しつづける。ビデオレンタル店のバックヤードでは気づかなかったが、自分の部屋で耳にするとかなりの騒音だ。

室内の温度もたちまち上昇していく。まだ五月だけに、窓を開ければなんとかなるが、エアコンをつける必要がありそうだ。ざっくり電気の使用量を計算してみると、機材とエアコンでぎりぎりブレーカーが落ちないていどだと判明した。シュリンク包装のためにヘアドライヤーを使うあいだは、エアコンを切らねばならないだろう。

とんでもないことを引き受けてしまった。だからといってこれを断り、どこかへ働きにでたほうがましかといえば、そちらも気が進まない。

唐辺丈城にいいように利用されてしまったのだろうか。けれども彼が仕事をまわしてくれたのは事実だ。ひとまずいわれたとおりのことをこなすしかない。

まず西八王子駅周辺のビデオレンタル店をまわることにした。レンタル代を立て替えるだけの金も持っていないというと、丈城は気前よく十万円を都合してくれた。当面はそれでビデオを借りまくればいい、レシートさえあればぜんぶ経費で落とせる。丈城はそういった。

とはいえまずは最もハードルの高い、パッケージの万引きという行為におよばねばならない。スポーツバッグ片手にアパートをでたものの、西八王子駅に着くころには、口のなかがからからに乾いていた。駅の北口に小さめのビデオレンタル店がある。まずはそこに狙いをつけたが、まっすぐ店をめざすことはできず、近くのゲームセンターに足が向く。ゲームをするでもなく、でたり入ったりを繰りかえす。一時間ほどして、ようやく意を決し、ビデオレンタル店に踏みいった。

新作映画のパッケージが数個ずつ棚に並んでいる。貸出中の札がついていないパッケージを一個手にとる。次いで二個、三個とパッケージを手に店内をうろつきまわる。ほかにも客が大勢いた。空パッケージを持ち歩くことに、店員が警戒の目を向けるようすはない。このまま物陰でバッグにおさめ、外へでてしまうだけだ。

だが躊躇（ちゅうちょ）の念が振りきれない。やり方を変えてみてはどうか、ふとそんな考えが思い浮かんだ。いまはこれら三つのパッケージをレジへ運び、金を払ってビデオソフトを借りればいい。先にダビングを済ませてから、後日パッケージを盗むとしよう。

匡太はレジに向かいかけた。ところが突然、人影が距離を詰めてきた。「なにやってる」

「ひっ」匡太は思わずすくみあがった。だが目を凝らすと、そこには丈城が立っていた。

丈城がため息とともにささやいた。「段取りがちがうだろ」

「あの……。でも、これを先に借りておいてから……」

「日曜の昼間、貸出中の札のない新作映画なんて、ダビングテープにきまってるだろが。そんなもん借りてどうする」

「あー。そうですね……」

「棚に戻せ。貸出中の札がついてるほうのパッケージを持ちだせ。夜八時以降にだ」

「貸出中のパッケージをですか？　それも夜八時って……」

「札なしのパッケージが棚から消えたら貸出率が下がる。店員が不審に思う。日曜の夜八時なら、まだ客が多くてパクりやすい。アパートでジャケットをコピーして、シュリンク包装し直して戻ってきたころには、新作映画の本物のカセットが返ってきてる時間帯だ」

「出直せってことですか？」

「そういうこった。まだ時間が早えんだよ。匡太、焦んな。おめえは筋がいい。誰もおめえに注目してねえんだからな。人目につかねえのも才能だぜ？」

「単に影が薄いだけかと……」

「ああ、それとな。おめえアパートを借りたときの契約書やら、戸籍謄本や住民票の写しやら、印鑑証明書やらをどこに置いてる？」

「ふつうに引き出しのなかですけど」

「駄目だな。万が一にもガサか空き巣が入ったとき困るじゃねえか。洗濯洗剤のボト

ルを空っぽにしてから、そのなかに筒状に丸めていれとけ。チェックされにくいから
な」

それだけいうと丈城はぶらりと店外へでていった。ちょっと立ち寄っただけ、そん
な自然な足どりで路上を遠ざかっていく。

匡太は額に手をやった。いつの間にか汗びっしょりになっていた。
丈城が現れるとは思わなかった。監視していたのだろうか。けっして目を離さない
というメッセージにも感じられてくる。匡太は肝を冷やした。もう犯行におよぶしか
ない。どこにも逃げられない。

またゲームセンターで時間を潰した。ゲーセンといっても新宿にあるような洒落た
内装とは無縁の、空きテナントに中古の筐体を並べただけの、薄暗く陰気な空間だっ
た。そういう場所のほうが心が落ち着く。やはりゲームはいちどもやらなかった。た
だ陽が落ちるのをまった。

夜八時になった。飯も食わずに匡太はビデオレンタル店へ向かった。食欲が湧かな
いのは風邪をひいたとき以来だ。ダイエットになるのは幸いかもしれない。そうだ、
なにもかも都合よく考えよう。

蛍光灯に明々と照らしだされた店内だったが、大勢の客がひしめきあっていた。お

かげでパッケージ三個をバッグにおさめるのには、ほとんど難儀しなかった。匡太は店をでた。歩が自然に速まる。とうとう盗みを働いてしまった。いや、これらはただの空パッケージにすぎない。それにきょうじゅうに返す。もし捕まったら、店のルールがわからなかった、あるいは空箱を持ち帰ってもいいと思った、そんなふうにしらばっくれてやる。多少無理な主張であろうとも、頭が弱いふりをしてでも追及を逃れてやる。アパートの自室内にある秘密を暴かれてたまるか。

丈城は裏切れない。彼に責められボコられる事態を恐れるというより、見放されてまたひとりきりになるのが怖かった。丈城の存在あればこその大学生活だ。彼なしには日々を過ごせない。

匡太は部屋に戻るや、三つのパッケージから透明ポリ包装をむしりとり、ジャケットをひっぱりだした。コピー機で三枚とも複製する。丈城がいったとおりレーザーカラーコピーは本物そっくりな仕上がりだった。ただしトナーの交換が忙しない。ほかにもやるべきことがある。匡太はジャケットをパッケージに戻し、シュリンク包装をし直すと、バッグに詰めてふたたび外へでた。

ビデオレンタル店に戻ると、もう客の数はだいぶ減っていた。新作の棚は、匡太がパッケージを持ちだした三か所が、そのまま空いていた。匡太は難なくそれらを元へ戻した。いまこの瞬間を押さえられたとしても、貸出中の札に気づかず手にとっただけだといえばいい。

　新作の棚に同じパッケージが複数個並ぶなか、貸出中の札がふたつ以上外れていることに気づいた。ふつうダビングテープしか在庫がなければ、札なしのパッケージはひとつだけになる。匡太の持ちだした三本の新作映画のすべてがそうだった。

　それらの札なしパッケージをレジへ持っていく。店員は匡太を見ても不審がるようすはなく、ただバックストックから三つのカセットをとりだしてきた。どれもダビングテープではなく、正式に販売されているビデオソフトだった。レンタル用の無地のケースにそれらが詰めこまれ、ポリ袋におさめられた。

やった。匡太はポリ袋を手に外へでた。みごと最難関の壁を打ち破った。あとはこれらをダビングするだけだ。

　古いビデオソフトのラベルをベンジンで剝がし、カラーコピーで作成したラベルを貼り付ける。ビデオデッキは常時稼動しつづけ、VHSとベータのソフトが一本ずつできあがっていく。旧作のパッケージのジャケットを抜き、カラーコピーした物と入れ替える。

　できあがったしろものを手にしたとき、新たな世界が拓けた、匡太は心からそう感じた。なんら不自然なところがない出来映えだった。たった数百円のレンタル料だけで、本来なら一本一万円以上もする新作ビデオソフトを、好きなだけ量産できる。これはまさに夢の収益性を秘めた新ビジネスではないか。

匡太は夜通しダビングしながら、三本とも映画を楽しんだ。大学へでかける朝にもダビングをスタートさせておけば、留守中にもＶＨＳとベータが一本ずつ仕上がる。

八王子キャンパスの構内を教室棟へと歩いている途中、丈城が歩調を合わせてきた。

「よう」

「あ。おはようございます」

「清々しい顔してんな。うまくいったっぽいな」

「ええ。寝不足ですけど……。効率をあげるためには、ビデオデッキがもっとあったほうがいいんじゃないかと思います。同時に五本ぐらい仕上げられれば……」

丈城が匡太の背を叩いた。「よくいった！　最初からそんな口がきけるとは、おめえ大物になるぜ。安心しろ。きょうおめえがアパートに帰るころには、部屋にあるデッキが五つ増えてる」

「え……？　僕のいないうちにですか？」

「おめえの部屋の合鍵なら持ってる」丈城が指先につまんだ一本の鍵をかざした。「搬入した奴らがちょっと拝借して、近所の鍵屋で合鍵をこしらえた。気づかなかったか？」

匡太は思わず足をとめた。丈城は鼻歌まじりに立ち去った。静止する匡太を振りかえりもせず、キャンパス内の別の建物へと消えていった。

こっそり合鍵を作るなんて……。いや、高価な機材を預かっている身だ。あの部屋はいわば工場、丈城は出資者の立場になる。彼の出入りにあるていど自由はあって当然だろう。そもそもアパートの大家も合鍵を持っている。匡太が占有する空間ではない。大家によるプライバシーの侵害は考えにくいが、事実として鍵は匡太ひとりが持っているわけではない。丈城が所有するぶんにはなんの問題もない。彼は匡太にとって偉大なる指導者だ。

どこか気分の晴れないところもあったが、匡太はただひたすらバイトをつづけた。西八王子の三軒だけでは心もとないため、電車で八王子駅や高尾駅にも足を延ばした。アダルトコーナーに入るのをためらっている場合でもない。十八禁の新作を毎日、数本ずつ観られるというのも、ひとり暮らしの大学生としては悪くない生活だった。映画やアニメはいくら観ても飽きなかった。駄作だったとしてもそれぞれに面白さがある。匡太は毎晩、満足とともに床に就いた。むろん寝ているあいだにも、デッキ類は常に唸りつづけていた。

大学へ行く以外、匡太には特になんの趣味もなかった。それゆえ山奥のビデオレンタル店エリクシは新作の大量入荷に恵まれた。雇われ店長が目を瞠るほど、新作のパッケージが棚を埋め尽くした。

月の終わりにエリクシのバックヤードで、丈城が茶封筒を手渡してきた。「この店は先月まで百万の売り上げだったんだけどよ。今月はなんと倍の二百万だ。こいつは約束の報酬。大事に使えよ」

封筒のなかには一万円札が二十枚入っていた。匡太は天にも昇る心持ちだった。

「ぜ、税金が引かれたりとかは……?」

「そんなもん知るか。帳簿のうえでは経営がもっと逼迫してることになってるし、なによりおめえを正式に雇用しちゃいねえ。おめえは秘密工作員みてえな立場ってことだ。かっこいいだろ」

もやっとした気分になったものの、収入への喜びのほうがはるかに勝る。貧乏学生の誰もが夢見る状況ではないか。ひょっとしたら富豪への階段を上りだしたのかもしれない。

丈城がいった。「もうわかってるだろうけどな、こういう店の売り上げを支えてるのはアダルト物だ。ただし一般作のコーナーのほうが面積が広くねえと、風俗店あつかいになっちまう。バランスよく頼むぜ」

海賊版ビデオレンタル業はまさに金脈だった。通常と異なる入荷方法は、匡太とエリクシにとって、打ち出の小槌以外のなにものでもなかった。新作が増えればそれだけ客単価が上昇する。エリクシの新規会員数は飛躍的に伸びていった。駐車場は夜中まで満車状態がつづくようになった。

前期の試験を終え、長い夏休みが始まった。匡太は毎日黙々と海賊版ビデオの製造に明け暮れた。盆休みのある八月の売り上げは過去最高だった。

季節が秋めいてきて、大学一年目の生活も後期に入った。匡太はキャンパス内を堂々と闊歩するようになっていた。丈城の知り合いから次々と挨拶の声をかけられる。匡太はその都度、軽く片手をあげ応じた。八王子キャンパスのナンバーツーの座におさまったような満足感がある。べつに友達との深いつきあいは求めない。交友関係の維持はしんどい。無視されなくなっただけで充分だった。

丈城と学食でテーブルを挟み、昼食をとるのが常だった。いまや身の上話も当たり前になっていた。匡太はささやいた。「親戚がひとりもいなくて幸いでした。夏休み中も、いとこが泊まりに来るとか、そんなことはありえなくて」

ラーメンをすすりながら丈城が応じた。「マジか。親にきょうだいとかいねえのか？」

「いません。両親はどっちもひとりっ子で、しかも友達のできない性格で」

「そりゃいい。親も息子に関心なしか。厄介な状況とは無縁ってわけだ」

またなんとなく気が鬱してくる。丈城のひとことに傷つけられただろうか。いや。単なる事実にすぎない。父も母も以前は過干渉だったが、いまは匡太をほったらかしだ。母の仕送りを断ってからは特にそうだ。もう関わってきてほしくもない。

丈城が見つめてきた。「匡太。おめえ計算が得意みてえだな」

「そりゃ経済学部なんで……」

「周りはそうでもねえぜ？　私立の入試なんて、三科目の選択だけなんだからよ。文系ひとすじのくせに経済学部や経営学部に入っちまう輩が山ほどいる。おめえは数学の成績が上々だよな」

「それなりにすぎませんけど」

「謙遜すんな。エリクシの経理だけどな、おめえやってみる気はねえか」

匡太は衝撃を受けた。「帳簿の計算を……。僕がですか？」

「表向きと内々、ふたつの帳簿をやりくりする必要があるけどな。税務署に不審がられねえていどに経費を使ってることにする一方、実際の帳簿でも出入金管理を徹底してもらいてえ」

「でも現在の店長さんが……」

「奴にはほかの仕事に移ってもらう。俺はビデオレンタル屋以外にもいろいろやってるからよ。おめえがこれからエリクシの店長だ」

「だ、だけど僕はまだ大学一年ですし、店長なんて荷が重すぎて……」

「毎月、売り上げの三割が報酬だ」

思わず絶句した。三割。エリクシの最近の収益はもう月四百万円を超えている。三割といえば百二十万円ではないか。売り上げが維持できれば年収千四百四十万円になる。

丈城が箸の先にメンマをつまみとった。「表向き店長の給料は月十五万で、社会保険料や税金が天引きされるけどよ。それらの計算と帳簿づくりもおめえにまかせる。金の流れに不自然なとこが見あたらないよう、うまくこしらえろよ」

「あの」匡太は身を乗りだした。「それでしたら経費の使い道にご提案が」

「なんだ？　投資話とか持ちかけてくるんじゃねえだろな。相手を見てものをいえよ」

「ちがいます……。旧作ソフトのカセットの再利用がそろそろ限界です。茶蓋ビデオカセットやケースを業者向けに販売してる会社を突きとめました。そこに直接買い付けに行っていいですか」

「あん？　茶蓋カセットの無録画テープが売られてんのか」

「はい。一本あたりの値段は、黒蓋の市販カセットより安かったりします。空パッケージのほうもいろいろ売ってるんです。ワーナータイプとか新ワーナータイプ、東映タイプとかさまざまで」

「そりゃいいけどよ。新作もちょっと日数が経ちゃ、在庫が何十本あっても、たいして借りられなくなるだろ。そいつをまた翌月の新作用にまわせばいいんじゃねえのか」

「テープがだんだん劣化します。それに最近は一六〇分や一六八分テープが、業務用カセットにも使われだしてます。旧来の一二〇分テープじゃ使いまわせないんです。アダルトも六〇分ものが増えてますし」

「そっか。そこは仕方ねえな」

「それからダビング防止のコピーガード信号が入ったソフトが増えてきました」

「コピーガードか。面倒だな。まだ除去用の機械は高えしよ」

「でもVHSだけです。ベータはどういうわけかコピーガード信号を受けつけないので、VHSからベータにダビングすれば鮮明に映ります。VHSどうしでも、東芝ビユースターから三菱ファンタスならダビングできるんです」

「なに？　マジかよ」

匡太は微笑とともにうなずいてみせた。「秋葉原の電器店でいろいろ試させてもらい、その組み合わせを突きとめました」

「やるじゃねえか、匡太！」丈城は声をあげ笑った。「こんな天才を差し置いて、ほかの誰がエリクシの店長を務められるってんだよ！　てめえへの注文はただひとつだけだ」

「なんですか」

「口だけは絶対に固い男でいろよ」丈城の顔から笑いが消えた。「秘密はひとことも漏らすな。殺されかけても明かしちゃいけねえ。わかったか」

匡太は表情がこわばるのを感じた。「はい。丈城さん……」

丈城の尖った目が念を押すように睨みつけてくる。ただしそれは数秒間にすぎず、ほどなく丈城の顔に笑いが戻った。「食わねえのかよ、手作りハンバーグ定食は好物だろが」

「……いただきます」匡太は箸を手にとった。あわてぎみに冷や飯をかきこむ。おかずを口にする前に米を平らげてしまいたかった。闇ビジネス成功の喜びなど、あとで存分に嚙み締めればいい。

　店長になった匡太は、エリクシのレジにも立つようになった。西八王子からは遠く離れているので問題ない。ただし笹霧匡太とは名乗らず、客にもバイトにも田中昭助で通した。これも丈城からの指示だった。馬鹿正直に本名なんか口にするやつがあるか、どうしてもってとき以外は絶対に偽名だ。丈城は繰りかえしそう強調した。匡太の胸をふと疑問がかすめた。唐辺丈城というのも本名なのだろうか。

　売り上げはなおも順調に伸びていった。経費に使える金が潤沢になってきたため、一部の新作ソフトはちゃんと卸問屋から入荷するようにした。各作品とも一本だけ入荷し、数十本の海賊版を製造すればいい。いちおう卸問屋との取引の証拠が残るがゆえ、赤字決済がかなりもっともらしく見せられる。田舎のせいもあって業界から不審がられることもなかった。秋の深まりとともに、エリクシの月の売り上げは五百万円を超えていった。

　だが年の瀬が近づいたある日、好調だったエリクシの経営に、初めてのつまずきが生じた。前の月より収益が低下してしまった。

　理由はとっくに判明済みだった。同じ道沿いの三百メートル先に、ビデオレンタルの大型店舗がオープンした。全国展開のチェーン店らしい。

どことなくアングラな雰囲気の漂うビデオレンタル店も、最近は業界全体が変わってきた。ファミリー層を意識したような健全な店構えに、明るい店内。在庫はバックストックではなく、パッケージをケース化して、カセットごと棚に並べる。万引き対策はカセットに貼られた電子タグだった。持ちだそうとすれば出入口で警報ブザーが鳴る。

実のところバックストックという営業形態には欠点がある。パッケージを店内の棚に並べ、バックヤードに在庫のカセットを保管する以上、店全体は倍の面積が必要になる。逆にいえば、パッケージにカセットを収納したうえで棚に並べれば、倍の量の品揃えが実現できる。

エリクシには真似のできないやり方だった。カセット自体が偽物のため、客の目に片っ端から触れさせられない。逐一検証されれば、在庫のほとんどが海賊版だと気づかれてしまう。

ある夜、匡太は店の裏に呼びだされた。ふたりきりで向かいあうと、丈城がこっそり小さな箱を差しだしてきた。

匡太はそれを受けとった。わりと重量がある。妙に思いながら匡太はたずねた。

「なんですか」

「腕時計を見ろ。秒針はどうなってる？」

　箱を持ったまま自分の腕時計に目を落とす。匡太は面食らった。「変だな。止まってます」

「ネオジム磁石ってやつが入ってる。従来のフェライト磁石よりずっと強力でよ。気をつけろ。金網の近くに立つと手が挟まれる」

　びくつきながら匡太はフェンスから離れた。「なんでこんな物……」

「例の大型店舗な。バックストックじゃなくカセットを棚に並べてやがる。それをカバンにいれて持っていき、新作の棚のソフトを片っ端から手にとれ。アダルトコーナーでは在庫ぜんぶだ」

「あの……。それはつまり……」

「ああ。この超強力磁石を近づければテープの録画はきれいに消えちまう」

　慄然とせざるをえない。思わず震えあがるとは、まさしくこんな心境にちがいない。匡太はうろたえていった。「さすがにまずいですよ。器物損壊じゃないですか」

「どこにそんな証拠がある？　おめえは店内をめぐるだけだ」

「大型店にはたぶん防犯カメラがあります。三百メートルしか離れてない同業の店長だとバレたら……」

「あっちの店の事務所に連行されるって？　そりゃ願ってもねえチャンスだぜ？　防犯カメラの映像はタイムラプスビデオデッキってやつで常時録画してる。五秒おきぐれえのコマ撮りで、VHSの一二〇分テープに数日ぶん記録できるしろものでよ。たぶん事務所に置いてある。見つけたらその磁石を近づけろ。証拠隠滅できる」

「カバンのなかを見せろといわれたら？」

「磁石を持ってたからどうだってんだ。パチンコ屋ならボコられるかもしれねえが、ビデオ屋についうっかり持ちこんじまっただけで、とやかくいわれる筋合いはねえんだ。なんに使うかときかれたら、肩こりがひでえからピップエレキバンより効くと思って持ち歩いてるといえ。そんなんで逮捕されるなんて絶対にありえねえ」

匡太は追い詰められた気分になったものの、ふしぎなことに緊張が一定の度合いを超えると、いつものごとく自然に覚悟がきまってくる。丈城のかけてくれる魔法の効力かもしれない。どんなことだろうと実行するのが怖くなくなる。今度こそ断ったりしたら、丈城にどのような目に遭わされるかわからない、そちらの事態にこそ怯えているのかもしれなかった。

とにかく匡太は翌日ただちに行動を起こした。大型店舗が混んでいる時間帯を見計らい、超強力磁石をおさめたカバンを片手に、店内の新作コーナーに赴いた。一本ずつケースを丹念に眺めるふりをしつつ、テープを磁力の範囲内に近づけた。

匡太の大型店舗への出入りは週にいちど、二か月ほどつづいた。磁石いりのカバンはけっしてエリクシに持ち帰らないよう注意した。自分の店の在庫に被害を生じさせたら元も子もない。

年が明けた一月末、大型店舗に閉店を知らせる紙が掲示された。なにがあったかはエリクシの常連客からきいた。利用客からの苦情が絶えず、店員との口論を頻繁に見かけたという。

大型店舗が潰れると、丈城は匡太にボーナスを弾んでくれた。匡太は空恐ろしくなったものの、途方もない金額を得たことに興奮せずにはいられなかった。

エリクシの売り上げは急回復した。好調のまま一年半が過ぎ、丈城は大学を卒業していった。匡太も世田谷キャンパスに通うことになり、西八王子のアパートを引き払おうとした。

だが丈城は店長をつづけるよう要請してきた。匡太にも異論はなかった。じつは羽振りがよくなった二年目以降、匡太は運転免許を取得し、トヨタのセルシオを乗りまわしていた。世田谷の大学生になろうとも、八王子市の片隅でビデオレンタル店を営んでいくのに、さして支障はなかった。

ほどなく二号店を八王子市内でオープンし、最初の月から利益をだした。もう一店ぶんパッケージのコピーとテープのダビングを重ねるだけで、簡単に同じ品揃えで出店できる。三号店は高尾、四号店は日野、五号店は町田に設けた。どの店舗も黒字だった。

年号が平成に変わったころ、匡太は大学生にして青年実業家となり、世田谷一丁目の高級マンションに住み始めた。丈城に誘われ、夜の街にも頻繁に繰りだした。

六本木の会員制クラブには、想像もつかなかった世界がひろがっていた。ワンレンでボディコンの美人たちが色香を振りまきながら迫ってくる。端整な顔に豊満な胸、みごとな曲線を帯びたプロポーションが隣に座り、しきりにすり寄ってきた。丈城の紹介だからか、女たちは匡太を過剰なほどの接待でもてなした。

すべてが甘美だった。大学の学費もマンションの家賃も、なにもかも自腹でまかなっているうえに、日を追うごとに貯金が増えていく。いまや匡太は自立しているばかりか、二十歳にして類い希なる成功者となっていた。

ある夜、丈城が誘ってきた。「今晩は俺の店で飲むか」

驚きの連続だと匡太は思った。いまだ丈城のことをよく知らないが、夜の店まで経営しているのか。丈城は愛車をランドクルーザーからベンツSクラスに乗り換えていた。向かった先は銀座だった。

大きな看板にイムスとある。内装の豪華さは高級ホテルさながらに見えた。在籍する女性はみなモデル級、あるいはスーパーモデル級で、ワンピースの裾から伸びる脚線美に目を奪われて仕方がない。最初から親しげに接してくれる美女らの酌がたまらなかった。タバコに火をつけてもらいたくて、吸えもしないのに次々とくわえる。煙は肺に落とさず、ただ喉もとまでにとどめ、吹かすばかりにした。

ボックス席のソファで、丈城と匡太はそれぞれ左右に女をはべらせ、ヘネシーの最高級コニャックを飲み進めた。六本木の店は新宿より上質だったが、ここはさらにその上をいっている。だからといって気品が重視されたりはせず、くだけた会話も好きなだけ許される。

数時間でふたりはすっかり酔っ払っていた。ボトルは空っぽになり、また新たなボトルが入った。グラスを掲げながら赤ら顔の丈城がいった。「おめえは変わってるな、匡太」

呂律のまわらなさを承知しつつ匡太は応じた。「なにがですか」

「なんで俺のことを疑いもせず、なにもかもいいなりになった?」

思わず口をつぐんだ。返答しようにも言葉に詰まる。いまさらあらためて丈城から問いただされるとは思わなかった。すべて丈城が強いたことではないか。けれども匡太のほうも、いっさい要請を拒まないままここまできた、それは事実だった。匡太はつぶやいた。「一緒に飯を」

「なに？」

「昼飯を同席してくれたじゃないですか。学食で。僕はカツカレー、丈城さんは生姜焼き定食でした」

丈城の射るようなまなざしが鳴りを潜め、ぽかんとした表情に変わる。両わきの女はプロに徹し、絶えず微笑を浮かべ、男ふたりの会話の聞き役にまわっている。

やがて丈城が目を細めた。「初めて会った日か？　ありゃほかに席が空いてなかっただけだぜ？」

「でも嬉しかったんです。僕をごくふつうの人間として認めてくれただけで」

また丈城は唖然とした顔になったが、すぐに大声で笑いだした。「おめえ、あんなことに恩義を感じてたってのか？」

「いけませんか……？　丈城さんは僕に気づかせてくれたんです。孤独じゃないってことを」

ひとしきり笑ったのち、丈城は身を乗りだすと、匡太の肩に手を置いた。「俺がなんでおめえにバイトを紹介したかわかるか」

「さあ……。大学へ行く以外は引き籠もりも同然だったから、秘密が漏れだす心配がなかったとか」

「それもあるが、ちょっとちがうな」

「じゃ計算に強そうだったから？」

「そりゃもっとあとの話だ。おめえを仲間にしたいと思ったのには、れっきとした理由がある。知りたいか」

「……はい」

「ほんとに知りてえのか？」

「もちろんですよ」

しだいに空気が張り詰めてくる。店内に流れるＢＧＭもフェードアウトしていくようだった。丈城が真剣な顔を近づけ、匡太にぼそりとささやいた。「好きだからさ、おめえが」

匡太が絶句すると、丈城はソファにふんぞりかえり、豪快な笑い声を発した。周りの女性らも間髪をいれず笑いにつきあう。さも愉快そうなボックス席のなかで、ひとり置き去りにされたくはなかった。匡太もつられたように顔をほころばせた。とはいえすなおに笑うまでには至らない。なんとなく複雑な思いが胸をかすめる。

唐辺丈城が本心を語っていると確信したことはない。けっして本音を明かさない男にも思える。ただし虚飾ばかりまとっているかといえば、それもちがう。むしろ彼は真実だけを口にする。その発言の背景に、どんな心情が隠れているのか、匡太には知るよしもなかった。いまもそうだ。丈城はなぜ匡太を仲間とみなしてくれたのだろう。偶然の成りゆきにすぎなかったのか。あるいはなんらかの計算があったのだろうか。好きだというのは詭弁もしくは、ただの冗談にちがいない。それでも丈城の屈託のない笑いを眺めるうち、猜疑心にとらわれるのは損ではないか、そんな思いが生じてきた。彼の言葉どおりに受けとめてしまえばいい。丈城に気にいられている。特別な存在だとみなされている。そう考えればすべてのあつかいに納得がいく。ふたりを結びつけるのは、ただの友情以上の関係だ。相互の信頼あればこそ、こうして極上の美酒にありついていられる。彼の役に立てた。巨万の富を稼いでいる。ほかになにを望むというのだろう。

酒が入ると聴覚が鈍ってくる。店内の騒々しさもほとんど耳に入らない。しかし二十歳の匡太はまだ敏感なのか、あるいは怒鳴り声があまりに大きかったのか、別のテーブルで起きている波乱に気づかされた。

酔っ払いのだみ声が響き渡った。「ざけんなよてめえら！　俺を誰だと思ってやがる」

店内が静まりかえった。誰もがひとつの方向を注視している。丈城も後方を振りかえった。匡太は丈城の視線を追った。よく見えないがボックス席のひとつが荒れているらしい。黒服が大勢群がっている。

丈城は前方に向き直るとグラスを呷った。空になったグラスに傍らの女性がボトルを傾ける。コニャックを注がれながら丈城が笑った。「新橋の安サラリーマンがふらっと紛れこんじまって、会計に目が飛びでたのかもな」

女性らはまた愉快そうに笑った。どのテーブルも騒動をやりすごすように談笑を再開している。まるでこういうトラブルなど店にはつきものだといいたげだった。匡太はひとり啞然としていた。

すると黒服のひとりが駆け寄ってきた。「丈城さん。すみません」

「なんだよ。テーブルの移動を命じる相手は姉ちゃんたちだろが」

女性たちの笑い声をよそに、黒服は困り果てたようすで申し立てた。「ふつうの客じゃないんです。若い奴がうっかり入店を許しちまったみたいで」

丈城はため息をつくと、一気に飲み干したグラスをテーブルに置いた。立ちあがりつつ丈城が声をかけてきた。「匡太、来てくれ」

匡太は腰を浮かせた。女性らが機敏に席を外し、匡太の通り道を開ける。タバコの煙がもうもうと立ちこめる店内を、丈城が奥へと向かっていく。匡太はその後ろ姿を追いかけた。

店内の隅にあるボックス席で、猪首の巨漢がグラスを口に運んでいた。年齢は四十代か五十代、セーターとスラックスがはちきれそうなほどの肥満体型だった。テーブルの上には複数のグラスのほか、フルーツの盛り合わせや寿司なども置かれていた。好き放題に注文したことがわかる。にもかかわらず女性たちはソファを離れ、遠巻きに見守るばかりになっていた。巨漢を囲むのは黒服のみだった。しかし巨漢のほうはひとり悠然とグラスを傾けつづける。

店長らしきスーツが神妙におじぎをした。「お客様。お会計には応じていただかないと……」

「うるせえ！」巨漢は顔面を紅潮させていた。「ツケがきかねえってのか。何度も飲みにきてんだ、それが客に対する態度か。うちのモンを総出で寄越すぞ」

黒服のひとりが丈城に耳打ちするのを匡太はきいた。「去年まで頻繁に飲みにきてた坂彌組の……」

「ああ」丈城が応じた。「知ってるとも。ガサいれでほとんど取り潰しになったヤー公んとこの幹部だろ。名前はたしか綿重だったな」

「そうです。飲み食いしたあと、金の持ち合わせがないとかいいだして」

「いまどき勘ちがいヤー公とか絶滅危惧種だな」

坂彌組幹部の綿重なる巨漢がわめき散らした。「そもそもてめえらがみかじめ料を寄越す立場だろが。うちの組の看板に泥を塗っといて、ただで済むと思ってんのか」

無銭飲食のくせに逆上も甚だしい、匡太はあきれた気分で眺めるしかなかった。すると丈城がふらふらと近づいていき、綿重の隣に腰かけた。

「綿重さん！」丈城は大仰に酔っ払いを演じだした。「坂彌組の綿重さんじゃないっスか。こんなシケた店、一緒にでましょうよ」

「なんだてめえは」

「組長の世話になってたチンピラです。いま話をつけてきました。経営者の唐辺ってのが、帰っていいといってます」

「なに？　それはつまり、ツケでいいってのか」

「そりゃもう。坂彌組さんならいつでも。銀行なんかよりずっと信頼が置けるって、唐辺ってのがほざいてて」

いままでさんざん凄んでいた綿重だったが、支払いを免除されたと知り、かえって面食らったらしい。それでも丈城に誘いだされるように、ソファから立ちあがると、ふたりでふらふらとボックス席を離れる。レジの前を素通りし、エントランスの外へとでていった。

黒服たちがあとにつづく。匡太は追いかけた。綿重は唐辺丈城という経営者と面識がないようだ。チンピラだという丈城の自己紹介を鵜呑みにしている。本当にツケを許すつもりだろうか。

ビルの外にでた。夜の銀座の賑わいがあった。ところが丈城らの姿は路上になかった。辺りを見まわすと、隣のビルとの狭間に、黒服らが入っていくのが目にとまった。匡太はそちらへ向かった。

生ゴミのにおいが漂うビルの裏手に行き着いた。従業員専用の駐車場のようだ。黒服らの後ろ姿が連なり人垣を築いている。その向こうでサンドバッグを殴るような鈍い音が響いた。

足もとは剝きだしの土だった。巨漢が棒倒しのごとく地面に叩きつけられるのを、匡太はまのあたりにした。

「痛え!」綿重の上半身があわてぎみに跳ね起きた。早くも頰が黒ずんでいる。分厚い面の皮でも、腫れあがっているのがはっきりわかるほどだった。綿重が大声でわめいた。「このドチンピラが、なんの真似だ！」

「チンピラだ？」丈城は悠然と立っていた。綿重を殴った右のこぶしを軽く振りつつ、死神のようなまなざしで見下ろす。「おめえんとこの組長には一億からの貸しがあってよ。のこのこ飲みにきたついでに、耳揃えて返してもらおうか」

「なっ」綿重が目を瞠った。「てめえ、ひょっとして……」

「唐辺丈城。店の経営者」

「てめえか、うち以外にもあちこちの組の縄張りを荒らしてやがんのは。若造のくせにのさばりやがって。誰の許可を得てやがる」

「誰も。強いていうなら俺自身の許可かな」丈城は匡太が見たこともない、恐ろしげな威圧感を全身から放っていた。「時代遅れの暴力団の幹部が、それこそなんの許可があってうちに飲みにきた？」

「このクソガキ、ただで済むと思うなよ。俺を殴った時点でてめえは終わりだ。筑広会系のあらゆる団体がてめえの首を……」

　綿重はそれ以上喋れなかった。丈城の腕や脚が風を切り、猛然と綿重に打撃を加えだしたからだ。匡太は息を呑んだ。丈城による殴る蹴るの動作すべてが早送りの映像に見える。無駄のない敏捷さとすさまじいばかりの力強さ。鉄球が横殴りに雨あられと降り注ぐかのようだった。

強打の連続に鼻血を噴き、顔じゅうが痣だらけで腫れあがったものの、綿重はまだ倒れることも許されずにいる。地面に突っ伏しそうになるや、丈城がすくいあげるようにアッパーを食らわせ、仰向けに倒れる前に胸倉をつかむ。丈城による殴打と蹴撃はいつ果てるともなくつづいた。酸っぱい悪臭にブランデーのにおいが交ざりあう。綿重が胃液とともに酒を嘔吐したからだ。

丈城は格闘家のように垂直方向へ高々と跳躍すると、綿重に踵落としを見舞った。今度こそ巨漢は俯せに地面にめりこんだ。震動が突きあげてくるほどの衝撃が、辺り一帯を揺るがした。

ふいに静かになった。表通りの喧噪さえ耳に届くほどの静寂だった。丈城は息ひとつ乱れていなかった。低い声で丈城がつぶやいた。「新宿区歌舞伎町四－二－一、今瀬ビル。筑广会系坂彌組東京支部の事務所がある。クルマに積んでって、ビルの前に捨ててこい」

黒服たちの行動はすばやかった。四人が綿重の手足をつかみあげ、ふたりが近くのガレージに走る。黒塗りの大型ワゴン車がヘッドライトを灯し、こちらへ徐行してきた。誰ひとりためらいをしめさない従属ぶり。丈城の恐怖による支配がいかに徹底しているかの証に思えた。

丈城が歩み寄ってきた。「匡太」

「は……はい」

また柔和な表情に戻った丈城が、匡太の肩に手をまわした。「悪いな、つまんねえゴタゴタで水を差しちまってよ。近くに本部があるから飲み直そうぜ」

「本部というと……?」

「あん?　ああ、おめえはまだ来たことなかったっけな。俺の事業本部。ここから歩いてすぐだ」

黒服らがいっせいに頭をさげるなか、丈城が歩きだした。匡太は歩調を合わせるしかなかった。ビルの狭間を抜け、銀座の目抜き通りに歩を進める。賑わいはあいかわらずだった。一方通行の路地に高級車ばかりが渋滞している。

匡太はなにも考えないように努めていた。丈城の凶暴さと肉体的強靭さ、容赦のなさが意識に上れば、たちまち腰が抜けてしまう。この場にへたりこんで動けなくなるにちがいない。身体が震えるのを抑えられなかった。唐辺丈城は想像以上に恐ろしい男だ。これまで楯突かなかった自分の幸運にこそ感謝すべきかもしれない。刃向かったりしたらむろんのこと、商売で業績があがらなかっただけでも、さっきのヤクザと同じ運命をたどっただろう。

路地に面したためだたないビルの入口に、丈城が立った。ドアわきのボタンを押す。解錠の音が響き、ドアがゆっくりと開く。向こう側には黒ずくめの屈強そうな青年がいた。丈城がなかへ入っていく。匡太は怖々とあとにつづいた。

赤い絨毯(じゅうたん)の通路が延びる。壁は白い大理石のようだ。匡太は驚きとともに立ちすくんだ。危うく女を踏みつけるところだったからだ。

そこかしこに半裸の女が寝そべっている。下着だけを身につけた若い女が、壁にもたれかかりながら座りこみ、とろんとした目で仰ぎ見てくる。どの女もさっきの店で見かけたような美人ばかりだ。みな酩酊(めいてい)状態のようすだったが、酒に酔っているだけとは思えない。通路に面したドアのなかは応接間で、やはり女がなまめかしいポーズでひしめきあっている。奇行もあちこちで見受けられた。テーブルの上に横たわったり、ソファの背もたれにまたがり腰を振ったりしている。つんとすました美形の顔と、山猿のように気ままな集団行動がまったくそぐわない。

通路の突き当たりのエレベーターに丈城が乗りこんだ。「こっちだ、匡太」

匡太は焦燥とともに駆けこんだ。扉が静かに閉じ、エレベーターが上昇していく。

最上階の九階に着いた。

開いたエレベーターの向こうの光景に、匡太は目を疑った。広いフロアのあちこちで、やはり半裸の女たちが這いまわっている。だが大半は男たちの作業場だった。つなぎを着た青年らが段ボール箱に商品を詰めこんでいる。商品は白い粉で満たされたポリ袋の山だった。

丈城が奥へと進んでいく。その後ろ姿を匡太は無心に追った。けっして脇目を振るまいと自分にいいきかせる。なにも見ていない。のちに丈城から問いただされるまでは、けっして記憶を想起しない。

ドアをひとつ抜けると、そこは社長室らしきオフィスだった。豪華な調度品が彩る室内は贅沢趣味にあふれている。丈城がエグゼクティブデスクの向こうにまわり、黒革張りの肘掛け椅子におさまった。「匡太、座れ」

向かいの椅子に匡太は腰かけた。全身の震えはまだとまらない。丈城に悟られたくないが、とっくに気づかれているにちがいなかった。

だが丈城は匡太の反応について、なんの言葉も口にしなかった。タバコをくわえると卓上ライターで火をつけた。「おめえはいちども確定申告してねえ。収益をあげてることと自体が秘密だかんな。おかげで税金をとられずに済んでる。セルシオも別名義で俺が買ってやったよな」

「はい……。理解してます」

「八王子のビデオレンタル屋の店長で終わらせちゃもったいねえ。おめえにこの本部の経理をまかせたいと思ってる」

きた。唐辺丈城の本業は麻薬密売にちがいない。その仲間に引きこまれてしまった。

丈城が睨みつけてきた。「なにか質問あるか」

「あ……あの」匡太は掠れた声を絞りだした。「ここは、どういう系列の事務所なんですか」

ふっと丈城は笑った。「面白えな。どういう系列の事務所？　どっかの暴力団だと思ってんのか？　ちげえよ。俺たちゃチーマーあがりのダセえ烏合の衆でしかなくてよ」

チーマー。茶髪にピアスの不良少年が渋谷センター街で徒党を組み、チーマーなる集団を名乗りだしたのは、つい数年前だ。だがせいぜい通行人に因縁をつけ、金銭を脅しとるだけの小悪党の群れではなかったか。

ヤンキーや暴走族とのちがいは服装にあると報じられていた。チーマーは渋カジ系のストリートファッションを好み、都会的で洒落ている。リーゼントやパンチパーマに特攻服という、暴走族のいでたちとは一線を画する。そういえば丈城のファッショナブルな装いも……。

「それとも」丈城がきいた。「ほかに就きたい職業があるか?」

「いえ」匡太はうわずった声で反射的に応じた。「ありません」

断れるはずがない。匡太は血の気がひいていくのを実感した。大学三年の就職活動をまたずして、いまこの瞬間、卒業後の勤め先がきまってしまった。就職説明会ではけっして提示されることのない進路。誰にも明かせやしない。

5

Jリーグというプロサッカーリーグが始まり、プロ野球にはフリーエージェント制が導入された。スポーツ界以外に目を向ければ、いつの世にも妙なものが一世を風靡する。いまは〝うざい〟というひとことが流行語だった。

二十五歳の笹霧匡太は、ずいぶん恰幅がよくなっていた。スーツを特注で新調したものの、また窮屈になりつつある。グルメもほどほどにしておくべきだが、この世には美味い料理と酒があふれている。体重を減らすのを考えるのはもっとあとでいい。

午後六時をまわった。そろそろ出勤の時間だった。匡太はマンションの最上階を占める一室をでた。エレベーターで一階へと向かう。

五年前、唐辺丈城が連れて行ってくれた銀座の店、イムスが匡太の勤め先だった。匡太は店長をまかされていた。むろん本名ではなく偽名、鈴木浩介（すずきこうすけ）を名乗っているが、それも表の顔にほかならない。裏では本部の経理全体を取り仕切るようになって久しい。

八王子を中心としたビデオレンタル店はすべて閉めた。インターネットなるものができ、匿名で巷（ちまた）の噂話が広まるからには、海賊版ビジネスなどつづけられはしない。従来なら悪評もせいぜい知人のあいだの会話に留（とど）まるのが常だった。今後は商売の規模だけで風説をねじ伏せるのは不可能な社会になる。丈城も忠告してきた。映像ソフトが数年後にはテープからディスクに切り替わると予測されている。複製が難しくなる。ビデオレンタルでは充分に稼がせてもらった。七年もつづけて、いちども尻尾（しっぽ）をつかまれなかった。もう潮時だろうと丈城はいった。廃業するにはいい頃合いだった。

インターネットにしても、現段階ではパソコン愛好者ぐらいにしか利用されていないが、普及は時間の問題と考えられた。闇ビジネスは大きな転換点を迎えている。これまでのように、人から人への情報伝達の遅さを、犯罪に役立てるのは困難な時代になっていく。逆に情報の速さで世間をだし抜けると丈城が告げてきた。きっと目の覚めるような画期的アイディアを思いつくにちがいない。新たな金儲けの手段について、丈城から計画をきかされるのが楽しみだった。

匡太自身、パソコンを経理に活用していた。データを随時まとめて丈城に送れるのが便利だ。暇なときはビデオ鑑賞ではなく、ネットサーフィンに明け暮れるようになった。と同時に、スーパーファミコンやセガサターンのゲームが楽しめなくなった。誰かが作ったシナリオに沿って、ロールプレイングゲームを進めたところで、迷路やパズルを順番に解かされるだけでしかない。みずからが主人公になるゲームの楽しさなら、日々の生活で堪能している。こんな刺激的な人生はほかにない。

唐辺丈城が運営する銀座の〝本部〟は、麻薬密売だけを生業にはしていなかった。ほかにも数多くの犯罪に手を染めている。それらに対する罪悪感はあるだろうか。ない。匡太は自信を持って宣言できた。有害なものをばら撒くという意味では、マスメディアから医療、金融機関まで同じことをしているではないか。彼らは人を殺している。生まれ育ちに恵まれなかった以上、逆転のために思いきった打開策が必要だ。匡太は賭けに勝った。ほかの誰かの富を奪い、見知らぬ不特定多数を不幸に叩き落としたうえで、みずからの成功が得られる。資本主義の原則だ。それを悪とするのは世の詭弁でしかない。

エレベーターの扉が開き、匡太はふと我にかえった。ずいぶん長いことエレベーターに乗っていたように錯覚する。白色灯が広々とした吹き抜けのロビーを照らしていた。匡太はそこを突っ切り、エントランスから外にでた。

辺りはすっかり暗くなっている。マンションの前は屋外駐車場だった。愛車はマツダの大型高級セダン、優美なフォルムのセンティアに乗り換えていた。やはり丈城が別名義でクルマを都合してくれた。彼が千葉で車両解体業を営んでいるのを知ったのは、つい最近のことだった。そのルートからどうやって新車同然のクルマが次々とまわってくるのか。深く追及したことはない。丈城の行為に疑念など持てない。

センティアへ向かいだしたとき、ふいに声をかけられた。「匡太」

はっとしてその場に立ちすくんだ。駐車場に人影がふたつたたずんでいる。やけに小さく見えるのは、ふたりとも背を丸め、遠慮がちに頭を低くしているからだった。

白髪頭のスーツが父だと気づくのに数秒を要した。ひと目でわからないぐらい老けこんでいた。よそ行きのドレスを着た母も同様だったが、髪を染めているぶんだけ、まだむかしの面影を残している。

「……なに？」匡太の口を衝いてでたのはそれだけだった。「なんでここに？」

流行語さながらに、うざい、そのひとことが匡太の胸のうちに生じた。事前に連絡も寄越さず、いきなり訪ねてくるとは厄介な親だ。

七年ぶりの再会における、息子の冷ややかな対応にもかかわらず、両親の顔にはまだ笑いがあった。母が歩み寄ってきた。「ひさしぶりよね、キョウちゃん」

なんとも不自然に思える微笑がつづく。受験勉強に匡太を追いこんでいた当時には、絶対にありえなかった表情だ。年齢とともに丸くなったのだろうか。いや、そんな自然なものではない。これは愛想笑いにちがいない。しかもどことなく腰が引けている。

疑心暗鬼になりながら匡太は問いかけた。「東京に来てたの？　なんの用で？」

両親は顔を見合わせると苦笑した。父が匡太に向き直った。「おまえに会いに来たんだ。就職してからずっとご無沙汰だったろ。立派なとこに住んでるなぁ」

大学卒業とともに会社に入ったとだけ連絡してあった。そのとき現住所は伝えておいた。以降は父母から何度も留守電が入ったものの、匡太は無視しつづけた。関わりあいたくないという気持ちが半分、あとの半分は現実的に、職務上の秘密を守る必要に迫られてのことだった。親にも詳細を語れるはずがない。

父はなおも無理やり感慨に浸るかのように、さも懐かしげに振る舞っていた。「元気そうでなによりだ。こっちへ来たついでに、ちょっと立ち寄ってみたんだが」

「ああ」匡太は気のない返事をしてみせた。「そう。じゃ、また」

ところが両親はふたりとも立ち去ろうとしない。しばしの沈黙ののち、母がおずおずといった。「じつはね、お父さんが会社を辞めたの。早期退職で」

匡太は父に目を移した。父の顔にはまだ微笑がある。媚(こ)びるようなへらへらした笑いだと匡太は思った。こんな父はかつて見たことがなかった。

両親の意図が読めてきた。匡太のなかで静かに昂(たか)ぶるものがあった。「で？」

母がたじろぎながらつづけた。「それでね、キョウちゃんがどんな会社に勤めてるか知らないけど、あのう、家のほうに少しお金をいれてくれたらね、お父さんも楽になるかなって」

すると父が以前のように不満げな態度を母にぶつけた。「お父さんが楽になりたいわけじゃない。おまえの病院通いのこともあるから、匡太に相談しようって、ふたりできめたことだ」

母があきれたような顔で、匡太に目配せしつつ、父に返事をした。「はいはい、わかりましたよ。わたしのためってことでいいです」

匡太はなんとなく真実を垣間見(かいまみ)た気がした。母の病院通いというフレーズは、特に気にもならない。母は風邪をひいただけでも診療を受けたがる。だが父はいま意味深げな物言いをすることで、息子の心配を煽ろうとしている。

がみがみ口うるさい父がずっと嫌いだった。母は匡太を過剰に子供あつかいすることはあっても、本質的にやさしい性格だと思ってきた。けれどもいま大人になった目で見れば、両親はふたりとも知れていた。母のほうにしても、父を槍玉にあげれば、匡太と連合軍を組めると考えている。父ひとり疎外されている自覚がない。どっちもどっちだ。かねて匡太のなかに、どれだけ憤懣やるかたない思いが鬱積していたか、両親はまるで意に介していないようだ。

「あのさ」匡太は冷めた物言いを口にした。「僕に大学へ行けとか、一流商社に入れとかやたらうるさかったのって、こうなったときのため？　要するにお父さんとお母さんの老後の面倒をみろって？」

両親は戸惑いをしめした。父がいいわけがましく応じた。「いや、そういうわけじゃない。匡太のためを思ってだな……」

「悪いけど一流商社になんか入ってない。これから仕事なんだよ」

「これからって……。こんな時間からか？」

「夜の店を経営してるからね」

母が心配そうな顔になった。「水商売？」

しかし父のほうが母をたしなめた。「いいじゃないか。経営がうまくいってなきゃ、こんなマンションには住めんだろう。成功の証だ」

匡太はいっそうしらけた気分になった。いまさら息子を擁護する父親像の強調か。しかも母相手に強弁するという内弁慶ぶりは変わっていない。父よりも稼げるようになった息子に節操なくへりくだる。これが父の本質だったのだろうと匡太は思った。どうせ会社でも上にペコペコしっぱなしだったにちがいない。かつて匡太は家庭で長いこと、父の不満の捌け口にされてきた。教育の名のもとに高圧的に罵られる日々を送った。父がどれだけ偉いかという自慢話ばかりをきかされた。父は失敗を人のせいにする。匡太も何度となくその犠牲になった。母は匡太に味方するふりをしておきながら、本質的に父の味方だった。ふたりの喧嘩は見せかけでしかない。父が匡太に当たり散らすとき、母は傍観をきめこんだ。家族を養ってくれているのは父、だから逆らえない。母のいい加減な態度が、そんなくだらない家庭内ルールを増長させてきた。

匡太はうんざりしながら両親に背を向け、駐車場を歩きだした。父も母も、息子に疎遠にされるはずはないと信じきっているのか、黙ってついてくる。匡太はキーをとりだし、センティアの運転席のドアを解錠した。

父のささやきは感嘆の響きを帯びていた。「おまえのクルマか?」

そのひとことが匡太の内なるものをさらに昂ぶらせた。そういえば父は安っぽく古くさいクルマに乗っていた。いわば人生の勝負はもう決着がついている。

そう実感すればこそ、この場で父や母に怒りをぶつける必要はない、そんなふうに思えてきた。むしろからかいながらネチネチといたぶってやればいい。匡太は両親を振りかえった。「時間がないからいまは話せない」

父母が当惑の面持ちで黙りこんだ。また互いに顔を見合わせている。

「だから」匡太は玄関の鍵(かぎ)を差しだした。「部屋にいてよ。泊まってけばいい。朝になったら僕も帰ってくるから」

にわかに父が晴れやかな表情になった。鍵を受けとりながら父がきいた。「いいのか？」

母も満面の笑みを浮かべていた。「ありがとう、キョウちゃん。大人になったのね」

親から褒められて悪い気はしない。匡太は気取ったしぐさでクルマのドアを開け、運転席に乗りこんだ。エンジンをかけ発進させる。両親は無邪気にも笑顔で手を振っている。

センティアを駐車場から公道に向かわせながら匡太は思った。父母は息子に親切を受けたと思っている。匡太の本心はちがった。これは復讐(ふくしゅう)だった。マンションの豪華な自室を見せつけてやる。部屋のなかはふだんからきれいに片付けてある。いつガサいれを受けてもだいじょうぶなように、違法な物はなにも置いていなかった。丈城から徹底的に指導を受けていたからだ。金にあかせたインテリアと、上層階からの都内の眺め。息子の圧倒的な贅沢三昧に目を瞠ればいい。生活を助けてやるかどうかは親の態度しだいだ。

三軒茶屋を経由し、首都高三号渋谷線にあがる。運転しながら、いっこうにすっきりしない気分を自覚した。なんだかむしゃくしゃする。この落ち着きのなさはなんだろう。本当は両親を罵倒したかったのではないか。たいした稼ぎでもなかったくせに威張り散らしやがって。そんなふうに父をこき下ろしておけば、いま胸のすく思いを味わえたのではないのか。

あとだ。楽しみはあとにとっておこう。朝になって帰宅したら、さんざん怒りをぶちまけてやる。親による学歴への執着が、いかに息子の心を追い詰めていたかを、ことんわからせてやる。もう容赦などしない。父母のエゴの犠牲になっていた苦しみを、逆に知らしめてやる番だ。

首都高を降り、銀座の中心街でクルマの流れに加わった。イムスの入っているビルの裏手、従業員専用駐車場にセンティアを停める。匡太は裏口のドアからビルに入った。

　この時間にはまだ女性たちの出勤はない。黒服も副店長以外は夜七時以降に来る。清掃業者が昼間のうちに仕事を済ませているため、チェックがてら開店の準備を進める。いつものことだった。

　通路をビルの正面側へまわると、イムスのエントランスがある。ガラス戸を押し開けた。店内は地明かりでBGMはかかっていない。これも開店前なら当然だ。

　がらんとした空間の奥に、ふたつ年下の副店長、栢原が立っていた。なんとなくぎこちない表情とたたずまいで、黙ってこちらを眺めている。匡太を見ても挨拶もしない。

「どうしたんだ、栢原……」

　妙に思いながら匡太は歩み寄ろうとした。

　ふいに後頭部に衝撃が走った。視界が白く閃いた。なにか硬く重い物が打ちつけられた感覚だと気づく。殴打されたのはあきらかだった。耳鳴りが反響し、店内が揺れるように思えた。その場にひざまずいたとき、数秒遅れて激痛がやってきた。

　両手で頭を覆い、激しい疼きを堪えた。顔をあげるや匡太は息を呑んだ。男たちが店内に立っている。中高年が大半だった。凄んださまは一見してカタギでないとわかる。というより数名は匡太も素性を知る連中だった。

襟のやたら広い、派手ないろのスーツを着た四十代、口髭をたくわえた男が近づいてきた。関東の旧筑广会系暴力団が結成した新興の組織、藪壺組で若頭を務める尾楠塔治が、両手をポケットに突っこみ見下ろした。「唐辺丈城って奴はどこだ」

全身の血管が凍りつく。匡太はへたりこんだまますくみあがった。暴対法が施行され、こいつらは弱体化したのではなかったか。

五年前、丈城はこのビルの裏で、坂彌組幹部の綿重をなぶり殺しにした。歌舞伎町の組事務所前に放りだしたときには、綿重は息絶えていたときく。誰に痛めつけられたかは判然としないはずだった。しかしどういうわけかヤクザたちは真相にたどり着いたらしい。

三十代の舎弟頭、五分刈りの丸顔に一重瞼、篠野豪が駆け寄ってきた。匡太の頭髪をわしづかみにし、力ずくで無理やり引き立てると、篠野の尖った目が睨みつけた。

「ガキらが縄張り荒らしまわって、ただで済むと思ってんなよ。唐辺がどこにいるか吐け」

事業本部の所在地までは知らないようだ。匡太は痛みに耐えながらしらばっくれた。

「なんのことだか……」

いきなり篠野のこぶしが匡太の腹を抉った。一発で内臓が砕けたかのように感じる。

呼吸がとまったのち、苦痛がじわじわと全身を侵食していく。匡太は激しくむせた。またくずおれそうになったものの、篠野が胸倉をつかんでいるため、いっこうに逃れられない。

つづけて膝蹴りを何発も食らった。口のなかに逆流してきたのは胃液ばかりではない。自分の血飛沫が舞うのを匡太はまのあたりにした。

「吐け」篠野の声は遠くから響いてくる気がした。「唐辺のガキはヤクをあつかってやがる。どっかに拠点があるだろ。どこだ」

この苦しみから解放されたい、そんな欲求が衝動的に湧き起こる。だが匡太はとっさに感情を抑制した。裏切れない。丈城は人生を変えてくれた恩人だ。彼と約束した。秘密はけっして漏らさない。ビデオレンタル業の内情すら、けっして他者に明かせるものではなかった。まして事業本部の所在など口にできるはずがない。

「知るか」匡太は血で塞がる喉から声を絞りだした。「殺されたっていうか」

篠野が目を剥いた。「いい度胸だ、クソデブが」

ほかのヤクザらが取り囲んだ。四方八方から猛然とこぶしが飛んでくる。匡太は袋叩きにされた。うずくまると低い蹴りを矢継ぎ早に食らった。肉体のあらゆる部位が硬直し、床から顔を浮かすことさえ困難になった。目に映るすべてがぼやけだし、暗い縁が視界を狭めていく。朦朧とする意識のなか、凍てつくようななんらかの感覚が迫ってくる。眠りだろうか、あるいは闇か。どちらにせよ抗えない。

硬い靴の爪先が胴体に深々と突き刺さる。肋骨が折れ、内臓破裂に至ったのを、匡太は実感した。全身がひどく頼りない肉塊にすぎなくなった。いまだ生あるのは奇跡だ、あるいはなんらかのまちがいだ。

脱力し横倒しになったが、蹴りまくるばかりの壮絶なリンチはなおもつづいた。意識が遠のいていく。尾楠の声がかすかに耳に届いた。「埠頭へ連れてけ」

古綿のような匡太の身体を、ヤクザの群れが力ずくで引き立てる。視界に濃霧が漂う。藪壷組が雁首を揃えるなか、副店長の栢原が、怯えた表情でこちらを眺めていた。

ああ、と匡太は思った。情報を漏らしたのは栢原だったか。信頼できる人間を雇うのは難しい。丈城にどれだけ人を見る目があったか、いまになってよくわかる。好きだからさ、おめえが。丈城のそのひとことが脳裏をよぎる。案外あれは冗談ではなかったのかもしれない。そう思えるだけでも嬉しい。

ほとんど屍と化した己の図体が、乱暴に床をひきずられていく。見上げる天井はぼやけるだけではない、照明が波打って仕方がない。

幸運だった。ほんの数年間だけで至高の人生をまとめて送れた。そろそろ潮時ではないかと思っていた頃合いだ。

唯一の後悔があるとすれば、最後まで女に手をだせずじまいだったことか。律儀な性格が禍いしたのかもしれない。けれどもこの職業の義務をまっとうできた。丈城はきっと褒めてくれるだろう。おめえは立派だったよ、と。なにもかも白昼夢のようだ。

6

上空を深い藍いろが覆う。東の果てにはかすかに薄い光が滲むものの、一日の始まりを予感させはしない。夜明けが遠く感じられる。時間が静止したかのようだった。潮風に交ざり、磯の香りが吹きつけてくる。船舶の接岸もない埠頭はひっそりとしている。遠方に見える都心の灯りが数を減らしていた。黒々とした海面は穏やかだった。突堤に打ちつける波の音だけが静寂に響く。

停車しているのはベンツのみだった。唐辺丈城は連絡を受けてすぐ、信頼できる数名を連れ、ここ東京湾に面する椛田埠頭へ来た。本部勤務のひとりが、藪壺組からの電話を受け、先に駆けつけていた。

場所はコンテナヤードの一角になる。コンクリートの突起物にもたれかかり、手足を投げだした状態で、笹霧匡太は息絶えていた。この暗さのなかでも肌のいろが生気を失っているのがわかる。それを除けば眠りについたように安らかだった。

とはいえ死に至るまでの苦しみは、ぼろぼろになったスーツからもうかがい知れる。丈城は近くに片膝をつき、黙って匡太を眺めた。無邪気なガキそのもののふくよかさ、満足そうな寝顔。もうこれ以上食えませんよ、笑いながらそういって、ほどなくいびきをかきだす。そんないつもの匡太の寝いりを思い起こさせる。ちがっているのは、二度と目が覚めない、それだけのことだ。

事業本部で丈城の右腕を務める、二十四歳の玻座真敏也が、わきに立ってつぶやいた。「副店長の栢原が姿を消してます。たぶん情報を売りやがったんでしょう」

淡々とした口調の玻座真にくらべると、経理助手でよく匡太と一緒にいた二十三歳、土蔵将生の声は無念そうな響きを帯びていた。「栢原は本部ビルを知らなかったんで、奴らが匡太さんの口を割ろうとしたんです。丈城さんの居場所について」

玻座真が鼻を鳴らした。「喋っちまったかもな」

土蔵は憤然と異を唱えた。「匡太さんは裏切ったりしないっスよ」

「ああ」丈城は匡太を眺めたままいった。「吐いたのなら殺されたりしねえ」

沈黙がひろがった。さざ波の音が耳に届く。海原の彼方に汽笛が湧いていた。

胸にくる静けさだと丈城は思った。タバコを一本とりだすと、玻座真がライターで火をつけてきた。丈城は煙を吹きあげたのち、タバコを匡太の口にくわえさせた。おかしなものだ。息をするはずはないのに、先端の火が赤く染まったように見える。それとも最後の一服を味わったのだろうか。

丈城はふたたびタバコを自分の口に戻した。肺の底までたっぷりと煙を吸いこみ、おもむろに吐きだす。顔の前を漂う白煙が、ひさしぶりに目に染みる、そんな気がした。丈城は思いのままをささやいた。「すなおな奴だったからな。損得なしにダチと呼べるのは、あとにも先にもこいつだけだった」

玻座真が意外そうにきいた。「そんなに信頼を……?」

「おめえよりずっとな」

「なぜですか」

「こいつは童貞だった」

埠頭はしんと静まりかえった。玻座真や土藏、ほかの黒ずくめたちもみな、互いに妙な顔を見合わせている。冗談と解釈し笑い飛ばすべきか、あるいは神妙な面持ちを保つべきか迷っているようだ。誰も笑わないのは正解だと丈城は思った。いまの発言は本気だった。

匡太は女にどこまでも及び腰で、アダルトビデオと妄想で満足しきっていた。それゆえほかの誰よりも信頼が置けた。何度か店の女にハニートラップを仕掛けさせ、匡太の本心を試してみたが、結果は変わらなかった。年端もいかないガキのような忠実さ。あたえられた義務を疑いもしない純粋さ。こいつの人生は始まったばかりだったのかもしれない。

丈城は匡太のポケットをまさぐった。なにもなかった。財布は持たないようにふだんから告げてあった。紙幣はペーパークリップでとめ、ズボンのポケットに常備しているはずが、きれいになくなっている。ヤクザどものセコさにはあきれる。

ほかにもたしかめておくべき所持品があった。匡太の靴と靴下を脱がせる。片足の土踏まずに運転免許証が貼りついていた。それを手にとる。丈城はくわえタバコでつぶやいた。「藪壺組の馬鹿ら、笹霧匡太って名を知ったかな」

土藏が否定した。「副店長だった栢原が知らなかったぐらいですから」

「ふうん」丈城は免許証をポケットにおさめた。「死体を海に放りこまねえとはよ。こんな陳腐なメッセージで俺たちがビビると思ってやがる。なめられたもんだぜ」

黒ずくめのひとりが報告してきた。「世田谷のマンション、匡太さんの部屋に、夜通し窓明かりが点いてました」

玻座真がきいた。「たしかな話かよ」

「ええ。この目で確認しました」

誰かが匡太の部屋にいるのかもしれない。丈城は立ちあがった。「行ってみるか」

死体はトランクに積むよう指示した。銀座イムスのビル裏にでも埋めてやればいい。捜索願をださないかぎり、笹霧匡太という存在は地上から消え失せる。誰も捜さない、詮索もしない。匡太自身も丈城らに迷惑をかけたくないはずだ。

土蔵の運転するクルマで埠頭をでて、首都高を世田谷方面へと向かう。夜明けが近い。丈城は後部座席におさまり、ぼんやりと考えにふけった。

匡太のなかにあったのは、丈城への忠誠心というよりは、むしろ依存心だったかもしれない。あいつは寂しがり屋だった。愛情を共有してくれる家族のような存在に飢えていた。あの人なつっこさは兄に対する弟そのものだった。あるときから丈城もそれを利用してきたように思う。人並みに構ってやるだけで、匡太は喜んで無理難題を引き受けた。ふたたびひとりになることを、あいつは心底恐れていた。

七年のあいだ兄がわりになってやった。匡太にはそれで納得してもらうしかない。むろん仇はとってやる。一昨年から暴対法改正に押され、いまやジリ貧ともいえる過去の遺物どもが、いまだワルの第一線を気取ってやがる。奴らに引導を渡さずにおけるものか。

世田谷のマンションに到着した。エントランスのオートロックも合鍵で解錠できる。エレベーターで上り、匡太の部屋のドアを開けた。丈城らはなかにあがった。

すると先頭の玻座真が頓狂な声を発した。「なんだ？　てめえらは」

リビングのソファで中年夫婦らしき男女がくつろいでいた。テーブルの上には食べ散らかした痕がある。男女とも目をぱちくりさせ、言葉を失ったようすでこちらを見ている。

目鼻立ちから匡太の両親だと見当がついた。時間は無駄にできない。丈城は取り巻きにいった。「始末してこい」

匡太の母親が叫び声を発するより早く、黒ずくめのひとりが手で口を塞いだ。父親のほうも同じありさまだった。もがきながら呻き声を漏らすものの、抵抗しきれず部屋から連れだされていく。エントランスの防犯カメラを避け、非常用外階段を下るぐらい、わざわざ指示せずとも全員が心得ている。

寂しがり屋の匡太は、両親が同じ場所に埋められると知るや、きっと反発するだろう。勘弁してくださいよと、情けない顔をする匡太が目に浮かぶようだ。丈城は苦笑した。今度こそ三人で好きなだけ、家族愛やら一家団欒やらを模索すればいい。本当は心の奥底で望んでやまなかったはずだ。

丈城は脱衣室に入った。洗濯機のわきに液体洗剤のボトルがいくつも置いてある。一本ずつ手にとり重さをたしかめた。うち一本がやけに軽いうえ、振っても液体の音がしない。蓋を外し逆さまにした。筒状に巻かれた書類数枚が落ちてきた。

とめてあった輪ゴムを外し、書類の束を開く。笹霧匡太の印鑑証明書。戸籍謄本や住民票の写し。律儀に言いつけを守っていたか。

玻座真が脱衣室に入ってきた。「丈城さん。あまりここに長居しねえほうが……。藪壺組の奴らが嗅ぎつけてくるかも」

「匡太の奴、両親にきょうだいがいねえっていってたな。親戚は皆無だと」

「……マジですか」玻座真が書類を一瞥し、さも嫌そうに顔をしかめた。「また戸籍を乗っ取るんスか？　唐辺丈城さんって名にもようやく馴染んできたとこだったのに」

「大学じゃずっとその名だったからな。もう九年も使ってきてる」丈城は両手のなかで書類の束を握り潰した。「俺はきょうから笹霧匡太だ」

7

二十七歳の笹霧匡太は、駐車中のベンツの後部座席におさまり、落花生の殻を割った。

割れた殻のなかから白い粉がこぼれだす。匡太は鼻で笑った。凝った細工だ。落花生の殻にある網目模様、維管束に沿って慎重に切れ目をいれ、なかの豆を取り除く。コカインをおさめ、また殻を接着剤で貼り合わせる。恐ろしく手間のかかるやり方だが、器用な作業要員を何人も雇用しているのだろう。落花生の殻は吸湿と脱臭効果を有するため、ヤクのにおいは外に漏れださない。おそらく麻薬探知犬にも嗅ぎつけられない。面白いやり方だ。

旧筑广会系藪壺組の麻薬密輸の手段を、匡太は今夜初めて知った。この落花生の殻を命からがら持ちだしてきた土藏は、匡太の隣の席で息絶えている。全身血まみれだった。構成員らに滅多刺しにされつつも、匡太にとって有益になるブツ一個だけをなんとか持ちだし、土藏はここへ帰ってきた。クルマに乗りこみ、落花生の殻を匡太に手渡すや、短い生涯を終えた。

匡太はささやいた。「ありがとよ、土蔵」

コカインの粉末を殻ごと窓の外に投げすてる。両手をはたいた。麻薬は高価な商品だが、自分で吸引するほど匡太は馬鹿ではなかった。こんな物に依存するのは小心者の証だ。

千葉県野田市。ベンツを先頭に黒塗りのワゴンが列をなし駐車している。後方の車両はすべて無人と化していた。ここは野田市内の山中、株式会社藪壺組の敷地の奥深くになる。すぐわきに二階建ての鉄筋コンクリート造があった。窓明かりがさかんに点滅する。青白い光は銃火にちがいない。銃声に罵声、怒声が途絶えることなく響き渡る。かなり騒々しかった。匡太の一味が突撃してからずっとそうだ。ひとりでも多く殺せと命じてある。

ヤクザどもは銃を所持している。匡太の側にそんな武器はない。多勢に無勢なうえ、乱射による反撃を受けたのでは、ろくに太刀打ちできるはずもなかった。そのせいか徐々に静かになってきている。どうやら最後に送りこんだグループも返り討ちにあったようだ。

残るは匡太自身と、運転席で身を固くしている玻座真だけになった。匡太は声をかけた。「玻座真」

背を向けて座る玻座真が、緊張の面持ちとともに振りかえった。「……丈城さん、いえ、匡太さん」

「なんだ」

「いったん退却して、態勢を立て直してくるってのは……」

「態勢だ?」匡太は笑った。「俺とおめえしかいねえのに、なにを立て直すんだよ」

「……ですね」玻座真がため息をついた。「これでお別れです。いろいろ楽しかった」

「俺もだ。最後までしっかりな、玻座真」

「はい」玻座真がダッシュボードから刃渡りの長いナイフをとりだした。逆手に握り締めると、いちど深呼吸したのち、意を決したようにドアを開け放った。

匡太は呼びとめた。「まて、玻座真。キーをくれ」

玻座真が動きをとめた。訝しそうなまなざしを向けてくる。ひとり逃げ帰るつもりでは、そんな疑問を抱いたようだ。匡太は無言で見かえした。玻座真は思い直すようにキーの束をとりだした。匡太にかぎって裏切り行為におよぶはずがない、その原則をあらためて肝に銘じたとわかる。

投げ渡されたキーの束を匡太はつかんだ。「安心しろ。仇はとってやる」

しばし沈黙があった。玻座真が静かに告げてきた。「頼みましたよ、匡太さん」

そのひとことを口にすると、玻座真は車外へでていった。ナイフ片手に社屋の正面玄関へと駆けていく。ドアは開け放たれていた。建物内に玻座真の後ろ姿が消えたとたん、また喧噪(けんそう)が耳に届く。

銃声がきこえないのは、たかがひとり相手に弾を消費したくないからか。旧筑广会系暴力団はつくづくセコいと匡太は思った。暴対法の煽(あお)りを食った二年間、弱体化も著しいようだ。奴らの拠点はもうこの社屋ひとつだけしかない。千葉で名産品の落花生に麻薬を仕込むことだけが、奴らの食い扶持(ぶち)をつないでいる。

株式会社藪壺組の登記は建設業。この敷地内にも重機がいくつも置いてある。人を埋めるのに重宝するからだ。一方で登記簿には、食品加工業や食品輸出入業も併記されているが、それらは麻薬密輸のためだろう。現にこの社屋にも工場棟が併設してある。

また社屋が静寂に包まれだした。それでもついさっきまで一分近くは、怒鳴り声やわめき声、騒音の類(たぐ)いが持続していた。玻座真は相応に粘ったらしい。ヤクザの二、三人ぐらいは道連れにできただろうか。

これで匡太に仲間はひとりもいなくなった。そろそろ行くか。匡太はドアを開け車外にでた。

今夜はモータースポーツのメカニックが着るつなぎを身につけている。わざわざこんな服をカー用品店で発注したのには理由がある。匡太はタバコをくわえ、ライターで火をつけた。武器を忍ばせたりせず、ぶらりと社屋の出入口へと向かう。

玄関の戸口に達する前に、早くも血のにおいが漂ってきた。なかに入ると、蛍光灯に照らされた狭い廊下が、鮮血で真っ赤に染まっていた。いたるところに無残な死体が転がっている。匡太の仲間もいれば、藪壺組の構成員も目につく。硝煙のにおいも混ざっていた。拳銃（けんじゅう）を恐れず立ち向かい、敵の腹をかっさばいた仲間たちの勇気は、すなおに賞賛に値する。凶器は銃から刃物に至るまで、ひとつたりとも落ちていない。臆病（おくびょう）なヤクザが回収したのだろう。

壁にあるドアは、隣接する工場棟の方面へと向いていた。匡太はそのドアを開け、悠然と踏みこんでいった。

天井の白色灯の下、体育館並みに広々とした空間があった。事務部署に倉庫と工場を兼ねている。かなり雑然としているのは、むろん死体がそこいらじゅうに横たわるせいでもあった。集団死にともなう酸っぱいにおいが充満する。慣れていない人間なら吐き気をもよおすだろう。匡太はなんとも思わなかった。

死体は双方合わせて百ぐらいか。玻座真も目を開けたまま、仰向（あおむ）けにほかの死体と折り重なっている。最期はヤクザと刺しちがえたようだ。褒めてもらいたげなまなざしがこちらを眺めている。匡太は心のなかで淡々とつぶやいた。ああ、おめえはよくやった。

藪壺組構成員はまだ三十人ほどがうろつきまわっている。見たところ無傷で済んだ者はひとりもいない。そこかしこで跛行(はこう)が目につく。誰しも顔面が痣(あざ)と腫(は)れだらけ、全身に切り傷があり、服は出血もしくは返り血に黒ずんでいた。疲弊しきっているせいか、匡太の存在にすらなかなか気づかない。

「おい」と匡太は呼びかけた。

生き残りのヤクザどもがはっとする反応をしめした。苦々しげな表情の男たちが、ドスを握りしめ、匡太の周囲にぞろぞろと展開する。

知っている顔もちらほらあった。リーダー格は若頭の尾楠塔治だった。尾楠は右手にオートマチック拳銃をぶら下げている。汗だくの顔に傷は少なめなものの、絶えず息を弾ませていた。憎悪に満ちたまなざしで匡太を睨(にら)みつけ、拳銃を水平に構えてくる。

ほかに拳銃を手にする者といえば、舎弟頭で五分刈りの丸顔、篠野豪がいた。匡太を狙い澄ますのはリボルバーだった。ほかに幹部クラスとおぼしきふたりも一丁ずつを所持する。

匡太はあきれていた。ガサいれの連続で弱体化した暴力団だけあって、虎の子の拳銃もたった四丁しかない。いまだ温存している銃が別にあるとは思えなかった。匡太の一味が五十人以上も殴りこみをかけた以上、藪壺組も持てる武器はすべて持ちだしている。

尾楠が憤りをあらわにした。「舐めた真似をしてくれたな、ガキが。唐辺丈城の差し金か。それともてめえが唐辺か」

匡太は小さく鼻を鳴らした。いまさらかよとぼやきたくなる。くわえタバコで匡太はいった。「あいにく俺は笹霧匡太ってもんでな」

篠野が銃口をまっすぐ向けてきた。「匡太だ？　なんだ、そのナリは。F1マシンの整備でもすんのか」

「FIA公認スーツでもねえ市販品なのに、F1の整備ができるはずねえだろがタコ」

「唐辺丈城はどこだ」

「ここだよ」匡太はにやりとしてみせた。「笹霧匡太ってのは、てめえらに殺された銀座イムスの店長、鈴木浩介の本名でよ。俺が戸籍をもらった」

「成りすましだってのか。なんの根拠がある？」

くだらないやりとりをいつまでもつづける気になれない。それよりも匡太の目は、ヤクザの群れの奥に釘付けになっていた。

工場棟の一角は厨房に似ている。大型冷凍庫や備品棚が並ぶ。そのわきには段ボール箱が開梱された状態で、十数個も放置されている。どの箱も落花生の殻が山積みになっていた。

段ボール箱の陰に、ひとり武器をちらつかせることなく、びくつきながら身を隠す男がいる。作業着姿から工場の労働者だとわかった。

「よお栢原」匡太は声を張った。「ここで飼われてるようじゃ、寝がえった旨味はあんまりなさそうだな。みんな栢原にきけよ。俺が唐辺丈城だってことを」

尾楠や篠野が栢原を振りかえり目でたずねる。栢原が怯えた顔でうなずいた。

さんざん捜した唐辺丈城と、ようやく対面できたからだろう、尾楠がいきり立った。「ガキどもをいくらカチこませたところで、ざまねえな唐辺。もうてめえひとりきりだ。あわてて詫びをいれにきたか」

「なわけねえだろ」匡太は銃口など恐れもせず、段ボール箱へと歩きだした。「俺はもう笹霧匡太だ。唐辺丈城って名を知る人間は、たとえ仲間でも、生きててもらっちゃ迷惑でよ。だから有意義に死んでもらった。ヤクザをひとりでも多く削れといっといた。俺がこうして現れる前にな」

篠野が殺意に満ちた目を向けてきた。「あいにく俺たちは大勢残ってるぜ」

匡太は段ボール箱の近くに達した。栢原が段ボール箱の陰から逃げだし、構成員らの人垣に紛れこむ。まるでネズミだと匡太は思った。

立ちどまった匡太は尾楠に向き直った。「てめえらは充分に数を減らした。あとは俺ひとりでやる」

ヤクザらがいっせいに罵声を浴びせてきた。篠野がひときわ声高に怒鳴った。「笑わせんじゃねえぞクソガキ！　一発じゃ殺されねえからな。臓器を一個ずつ潰してやる。這いつくばって命乞いをしやがれ」

「人間様の言葉がわからねえのかよ」匡太はタバコを指先につまみとった。「俺ひとりでやるっていってんだろ。念仏でも唱えな、エセ任侠道にすがる前時代の遺物ども」

人差し指の爪でタバコを勢いよく弾き飛ばす。タバコは段ボール箱のなかに投げこまれた。匡太はすばやくその場に伏せた。突然の意味不明な匡太の挙動に、篠野らがトリガーを引き絞ろうとする。

だがそれより早く、閃光が稲妻のごとく辺りに走った。いきなり轟音が建物全体を揺さぶった。真っ赤な火球が膨張し、熱を帯びた爆風が吹き荒れる。炎が放射状に走り、至近の構成員らを呑みこむや、絶叫がいっせいに響き渡った。なおも段ボール箱は次々と誘爆していく。まるで火薬庫に引火したようなありさまだった。

無知蒙昧なヤクザども。灼熱の嵐のなか、匡太は嘲笑しながら身体を起こした。火だるまになった男たちが、そこかしこを走りまわり、床に倒れてはのたうちまわる。落花生の殻は植物性の油を多量に含む。乾燥した状態でこうも山積みになっていたら、八百度もの高温に達するタバコの火により、たちまち爆発的に燃えあがる。

工場内はいまや火の海だった。床に散らばった無数の落花生の殻は、もはや植物油の溜め池と変わらなかった。パニックを起こした構成員らが逃げ惑うなか、匡太は備品棚からオリーブオイルの瓶を手にとり、次々とあちこちに投げた。落下した瓶が割れるたび、炎の勢いがいっそう激しさを増した。

阿鼻叫喚のなかでも、匡太は冷静に火の行方を見守っていた。体勢を立て直したヤクザの一部が向かってこようとする。その近くの火柱に、匡太はカセットコンロ用カートリッジ缶を、手榴弾のごとく次々と投げこんだ。熱が缶の内部のガスを膨張させるまで、五秒から六秒のタイムラグがある。それも計算済みだった。

火災のいたるところで缶が爆発した。爆速は銃弾の速度に匹敵し、砕け散った金属片を周りにぶちまける。金属片が突き刺さったヤクザらが、続々と火のなかに突っ伏す。黒焦げ死体がどんどん数を増やしていく。

それでもヤクザらは果敢に挑んでくる。匡太は床から小麦粉の入った袋を持ちあげた。端を破ったうえで、両手で振りまわしつつ、みずからも身体を回転させる。散布された小麦粉が炎と接触するや、空気中にすさまじい粉塵爆発が巻き起こった。

匡太自身は台風の目のように、拡散する渦の中心に身を置いているため、火炎地獄に呑まれることはない。周囲ではヤクザどもが火だるまの群れと化していた。誰もが熱さに耐えきれず、両手を振りかざしながら暴れている。

小麦粉が尽きると匡太は回転するのをやめた。ここぞとばかりに篠野とふたりのヤクザが拳銃を乱射してくる。匡太は平然とたたずんでいたが、弾は一発も当たらなかった。篠野がぎょっとしながら凝視する。

火災現場では陽炎に似た光の屈折が生じる。匡太の位置を正確にとらえられない、その現象すら理解できていないらしい。

「どうしたよ」匡太はせせら笑った。「こっちから見れば、どの銃口も正円を描いてねえぜ？　ちゃんと狙えってんだよ」

別方向から巨漢がドスを振りかざしながら突進してきた。不意を突いたつもりだったのだろう。だが匡太の右手には、もう殺虫剤のスプレー缶が握られていた。可燃性ガスを近くの火に噴射し、燃え移らせてから巨漢に向ける。引火したガスが火炎放射となり巨漢を襲った。匡太のもとに達する前に、巨漢の上半身は松明のごとく燃えあがった。獣の咆哮さながらに絶叫を発し、巨漢は悶え苦しんだのち、匡太の眼前に突っ伏した。

その尻ポケットからポケベルが突きだしていた。匡太はポケベルを引き抜くと、篠野の足もとに投げつけた。ポケベルが火のなかに落ちるや、銃声に似た音が鳴り響いた。破裂したポケベルの破片が飛散し、篠野の股下に深々と突き刺さる。篠野は目を剝き、愕然と匡太を見つめると、炎のなかに倒れこんだ。

残るふたりのヤクザはうろたえたものの、なおも必死に拳銃を構え直した。ところがひとりの胸もとに、銃撃を受けたような血飛沫があがった。男は拳銃を手にしたまくずおれた。もうひとりのヤクザが激しい動揺をしめす。しかしほどなく同じ事態に見舞われた。左胸を破裂させ、流血とともに男は倒れた。

火災のひろがりとともに、構成員らの胸もとが次々と破裂し、心臓を抉られていく。匡太がなにもせずともヤクザらは自滅していった。むろん匡太はすべてを予測していた。この高温のなかでは時間の問題だった。

ポケベルのニッケル水素電池は、一定の温度以上に達すると爆発する。火災のなかではヤクザら全員が爆弾を抱えているようなものだ。戦々恐々と右往左往するうち、ポケベルの爆発に至り絶命する。

匡太は拳銃を撃った経験などなかった。銃刀法が徹底している国で、入手しづらい武器にこだわるなどナンセンスだ。それより世にでまわるあらゆる物を応用し、人命を奪うすべを模索してきた。孤独を孤高に変えた少年時代から、大人に勝る奸智(かんち)を育てることが生きる秘訣(ひけつ)だった。

ごく一部のヤクザはポケベルを投げ捨てたか、あるいは最初から持っていなかったのだろう、まだ生き延びていた。服に火がつきながらも、怒りに我を忘れているらしく、かまわず匡太に突撃してくる。備品棚は空っぽだった。匡太にはもう投げられる危険物がない、そう判断したにちがいない。

甘いと匡太は思った。工場用の大型冷凍庫を開けると、カチカチに凍った七面鳥の肉の塊をつかみだした。迫り来る敵勢の手前にそれをぶん投げた。炎のなかに落ち、氷が溶けるや高温の油に混入し、凄絶(せいぜつ)な水蒸気爆発を起こす。吹き荒れる爆風がヤクザどもを薙(な)ぎ倒した。匡太は金属製のトレーを盾がわりに掲げ、飛んでくる肉片から身を守った。七面鳥の肉もあれば、人肉も混ざっているだろう。

激しい火災をかいくぐり、ふいに人影が間近に現れた。尾楠が鬼の形相で拳銃を突きつけてきた。「唐辺ぇ！」

　匡太は動じなかった。掲げていたトレーを水平に振り、陣笠の盾術による打撃で、尾楠の腕をわきに弾いた。銃声が鳴り響いたものの、弾はあさっての方向へ飛び、拳銃も火の海に落下した。

　武器を失った尾楠に対し、匡太はトレーを投げ捨てると、すかさずムエタイの蹴り技を浴びせた。靴の踵が尾楠の顔面にめりこんだ。鼻血を噴いた尾楠が仰向けに倒れそうになると、匡太は上げた片脚でさらに縦横にキックを繰りだした。

　ふだんから身体じゅうの筋肉を鍛えあげているうえ、あらゆる格闘技にも精通している。膝のバネを使い、蹴撃に勢いと威力を加える。靴が命中するたび尾楠から骨折の音が鳴り響いた。振り向きざまローキックで足をすくうと、尾楠は仰向きに倒れた。

　もはや目鼻立ちさえ歪みきった尾楠が、横たわったまま匡太を仰ぎ見た。「何者なんだ。てめえはいったい……」

「おめえらみてえな半端モンにとっちゃ地獄の使者ってやつよ。コナかける相手をまちがえたな、尾楠」

　全身が骨折した尾楠は、炎に囲まれながらも身じろぎひとつできずにいる。だが意識だけは明瞭にあった。服に火がつくと尾楠は甲高い叫びを発した。恐怖に目を剝くものの、灼熱地獄から逃れられない。大きく歪んだ表情のまま皮膚が焼けただれていき、肉や骨があらわになる。そのうち絶叫が弱まり、ただの呻(うめ)きへとトーンダウンし、やがてなにもきこえなくなった。人体が炭化し、単なる物体に変貌(へんぼう)していくさまを、匡太は黙って見下ろしていた。

火葬場で焼かれる棺(ひつぎ)のなかはこんな状況か。牛肉を焼くと水分が滲(にじ)みでてくるが、人肉も同じだとわかった。

そういえば焦げくさいにおいが充満している。匡太は顔をあげた。工場内はほとんど焼け落ちているが、火の手はまだおさまらない。ヤクザもみな焼死している。

匡太はひとりたたずんだ。レーシング用の耐火服を着ていても火は熱い。極道の世界に、派手さを追求したレーヨン製スーツが流行(はや)っていることを、匡太は勝機とみなしていた。火災が発生すれば燃えやすい服装のヤクザどもが不利になる。

そんななかでもまだ人影が火の海を逃走していく。匡太は手近な肉切り包丁をつかみあげると、縦方向に回転を加えながらぶん投げた。

包丁の刃は栢原の背中に突き刺さった。瞬時に両手を高々とあげ、大きくのけぞった栢原が、ばったりと床に突っ伏す。炎が全身を舐(な)めていく。尾楠と同じ運命をたどった。

死んでいった笹霧匡太の仇だ。匡太は心のなかでそうつぶやいた。こんな思考が働くこと自体めずらしい。仲間の命など将棋の駒のように使い捨てにする、それが自分の信条ではなかったか。

だが気分が優先する。笹霧匡太は特別な友人だった。栢原みたいな手合いはぶっ殺しておくにかぎる。少なくともすっきりした。

匡太は四丁の拳銃がどこに落ちたかを把握していた。炎のなかを歩きまわり、ひとつずつ拾いあげては、慎重にポケットにおさめる。火のなかに手を突っこんでも、ただちに火傷するわけではないことを匡太は知っていた。拳銃自体がかなりの熱を帯びていたが、匡太はなんとも思わなかった。こんな生き方をしていれば、ツラの皮のみならず、手の皮までも分厚くなる。

事務机の引き出しも相応に熱くなっていた。それでも匡太は平気で引き出しを次々と開けた。帳簿とクレジットカード、印鑑を持ちだす。警察の捜査はどうせ後手にまわる。午前中に預金を下ろすことは可能だろう。仲間たちの香典がわりに、藪壺組の資産は丸ごと奪っておくにかぎる。むろん仲間の遺族に配るのではなく、全額を匡太が独占するのだが。

手土産を小脇に抱えると、匡太は建物をでた。ベンツSクラスの運転席に乗りこむ。

後部座席には土藏の死体があった。帰路の途中で江戸川にでも投げ捨てておくか。

エンジンをかけた直後、突風が車体を揺るがした。工場棟の屋根を火柱が突き破り、噴火のごとく炎が夜空に高々と舞いあがる。爆煙が放射状にひろがり壁面を呑みこんでいく。匡太はベンツを発進させた。バックミラーを通じ、社屋が焼け落ちるさまを視認する。

殺戮現場のすべてが灰になる。指紋などひとつも残りはしない。匡太はカーラジオをつけた。陽気な音楽に身をまかせ、暗い山道を飛ばしていく。

愉快なドライブだと匡太は思った。唐辺丈城の名を知る連中を一掃できた。籔壺組の預金額しだいだが、たぶん新たな事業も興せる。ひさしぶりのひとりは気楽だ。解放感があっていい。

8

秋になった。紅葉がひろがる長野県茅野市の山中に、匡太が買った山荘がある。

新規に雇用した五人はいずれも痩せ細っていて、以前の匡太の仲間たちとは大きく異なる。肉体の鍛錬とは無縁のうえ、匡太よりも年上で、しかも五人中三人は禿げていた。ただし彼らはただの兵隊ではない。

ログハウス内の吹き抜けのリビングルームに五人が集っている。彼らが囲むテーブルには、分解された四丁ぶんの拳銃の部品が散らばっていた。ほかにも工具類やシリコンの缶、バーナーや金属カッターが無造作に置いてある。

五人はセーターやパーカーなどの軽装だった。匡太もデニムのジャケットを羽織っていた。暖炉に薪をくべたのち、匡太はテーブルに歩み寄った。「進んでるか？」

三十代半ばの土井正三が禿げ頭を掻いた。「いやあ、金属部品を鋳型で複製しても、発射の威力に耐えられるだけの強度となると……。ちょっと難しいよ」

土井と同世代の伊達匠海も眼鏡を外しながらいった。「尊師も信者をロシアに派遣なさり、かろうじてＡＫ47を一丁調達できた。われわれはサティアンで自動小銃の開発研究に取り組んだが、なかなかうまくいかなかった」

ふたりはオウム真理教の科学技術庁を辞めたばかりだった。衆院選への集団出馬で政権奪取を目論んだオウム真理教は、省庁になぞらえた部署名を採用していて、科学技術庁はそのひとつになる。ボツリヌス菌や炭疽菌の研究成果を持ちだしてくれたのは、匡太にとっておおいにありがたかった。

匡太はふたりにきいた。「サリンの開発に成功したんだろ？」

伊達が応じた。「プラントの稼働までは見届けられなかった。国家との全面戦争という方針には、われわれはついていけなかったのだよ。匡太さん。拾ってくれたのには感謝してるが、銃器の自主製造というのはどうも……」

住友重機械工業出身の四十代、檀崎康三が眉間に皺を寄せた。「単発なら問題ない。困難なのは連射機能だ。発射不良の可能性がごく少ない連射銃は、図面どおりにはいかないものでね。数千から数万回の実験が必要だ」

旭精機工業を退職した三十代後半、大地祥一もうなずいた。「よしんば銃器の開発に成功しても、弾のほうはどうする？　大量に調達できなきゃ意味がない。弾と薬莢まで製造するとなると、火薬の開発から取りかからないと」

最年長の出村博明は五十代前半だった。出村はエアコンで有名なダイキン工業で、長いことある開発部門にいた。老眼鏡で拡大されたぎょろ目が匡太を見上げてくる。

「弾頭の圧縮抵抗、側面の摩擦抵抗、後部からの吸引抵抗が命中精度を下降させる。ライフリングにより弾丸の中心軸と弾丸の飛行軌跡を同調させる。試行錯誤なしには実現できんよ」

どの言葉にもそれなりに重みがある。住友重機械工業は機関銃を製造し、旭精機工業は銃弾を自衛隊に供給、ダイキン工業も砲弾を開発している。日本国内では貴重な銃器類製造のスペシャリストが集まったものの、全員の口から否定的な意見が述べられた。

だが匡太は五人からある種の余裕を感じとっていた。「天才集団D5に解けねえ謎があるわけねえよな」

D5。土井、伊達、檀崎、大地、出村の五人。みな苗字がDで始まるゆえ、匡太はそのように呼んでいた。現在のところ匡太の同胞と呼べるのはこの五人のみになる。藪壺組からせしめた金はかなり巨額だったが、無駄遣いはできない。まずは銃器の調達こそ急務だった。

部屋の隅にあるテレビがニュースを告げていた。「千葉県野田市の旧筑广会系暴力団藪壺組本部で、抗争により百数十人が死亡したとみられる事件に関連し、警視庁と千葉県警の合同捜査本部はきょう、抗争相手と考えられる指定暴力団のリストを公表しました」

匡太は鼻で笑った。火災が激しすぎたせいで、警察と消防は炭化した骨ばかり拾う羽目になった。ライバルと目される暴力団も軒並み迷惑でしかないだろう。匡太の一味が関わった証拠はどこにも残っていない。

銀座イムスを筆頭に店はすべてめだたないように閉めた。麻薬保管庫にしていた事業本部ビルからも撤退済みだ。死んだ仲間たちはみな若く、実家もわりと裕福だったが、それでも家出した不良どもでしかない。各々のつながりも知られていない以上、個別の失踪案件としてあつかわれるのみに終わる。

大地がつぶやくようにいった。「四丁の拳銃を持ってた藪壺組とよく渡り合ったな。あんたひとりが辛くも生き延びたわけだ」

「あん？　俺か」匡太は苦笑した。結果だけ見ればそんなふうに思えるのだろう。あえて否定しなかった。こいつらに手のうちをぜんぶ明かす必要はない。

匡太は手近な物を凶器に変えるのが得意だったが、今後また兵隊を増やしていくとなると、連中に持たせる銃器類が必要になる。銃刀法による規制のせいで、日本のあらゆる勢力は拳銃すら手にしていない。藪壺組にもわずか四丁。制服警官にしても五連発のリボルバーを携えるのみ、私服に至ってはよほどの緊急時以外は、署から持ちだせもしない。この国では銃さえあれば、あらゆる抗争で優位に立てる。

出村が提言してきた。「匡太さん。とても値が張るのだが、特殊な金属の購入を認めていただきたい。具体的にはクロムモリブデン鋼を調質して硬度を高めた素材だ。銃身が火薬燃焼ガスの圧力に耐えられなきゃどうにもならん」

檀崎も同調した。「チタンもあるていど必要になる。軽量で強度が高く、耐腐食性に優れている。少数製造で精度を維持するなら、発射機構のパーツに最適だ」

ほかの三人も賛意を態度でしめす。匡太はため息をついてみせた。「わかった。で、それらの金属素材はいくらぐらいなんだ?」

土井がいいにくそうに応じた。「それが天文学的でね。天井知らずといっていい。正直なところ海外の銃器を密輸したほうが安くつく」

やはりそうなるのか。匡太のなかにもやもやするものが生じた。密輸にあれこれ手段を講じたほうが手っ取り早いのか。いや、外国頼みはリスクが大きい。密輸ルートを絶たれたら終わりというのでは、司法相手に抗争を展開しようにも、まったく力がおよばないことになる。弾丸の調達が不可能になった時点で、銃器も鉄屑に等しくなってしまうからだ。

日本ほど銃刀法の締め付けが厳しい国はほかにない。いわば特殊な事情を抱えた舞台だ。真の武力を手中におさめるには、やはり銃も弾も自前で作る必要がある。

やれやれと匡太は首を縦に振った。「金に糸目はつけねえ」

五人の表情に安堵のいろが浮かんだ。互いに笑顔を交わし合っている。不穏な気配を匡太は察した。

「ただし」匡太は付け加えた。「請求額に一円でも裏金を上乗せしてみろ。あんたらが作る銃器がどんなに精度が高かろうが、藪壺組の二の舞だぜ」

室内が静まりかえった。五人の顔からへらへらした笑いが消えていき、張り詰めた空気が漂いだす。これでいいと匡太は思った。人殺しの道具を作るチームに緊張感は不可欠だ。

銃と弾が生産できるようになれば、金などまたいくらでも稼げる。問題は時間だった。匡太は五人にいった。「金属を調達したら、俺はしばらく海外にでかける。そのあいだに開発を進めといてくれよ」

五人が揃って面食らう反応をしめした。雇い主がいなくなる事態に不安をおぼえたらしい。なかでも大地が目を丸くしながらきいた。「日本を離れるのか？」

「ああ」匡太は階段を上りだした。「銃ができあがるんなら撃てるようになっとかねえとな。練習してくる」

出村のたずねる声が追いかけてきた。「グアムかハワイの射撃場かね？」

「そんなんじゃ実戦訓練にならねえだろが」匡太は振り向きもせず二階に達した。自室のドアを開けながら匡太は吐き捨てた。「本気で撃ち合ってるとこへ行くんだよ」

9

匡太が架空名義でクルマを調達できるのは、千葉にあるヤードのおかげだった。ヤードとは英語で囲い地や作業所、集積場の意味だが、要するに自動車の解体業と保管場所のことだ。

地価の安い千葉の田舎には幾多ものヤードができている。うち一割は中東から来たオーナーによる経営で、自動車窃盗団のアジトを兼ねていた。そこで働くジャファルというアラブ人と、匡太は十代のころからつきあいがあった。取引で裏をかかれないよう、アラビア語を猛勉強した過去もある。匡太はジャファルに相談した。銃の撃ち方を習いたい、祖国にその種の知り合いはいないかときくと、ジャファルはスーダンの武装勢力に連絡をとってくれた。

匡太はアブダビ経由でスーダンの首都ハルツームへ飛んだ。荒廃と混乱が支配する街並みは、まさしく匡太の好みに適合していた。市内中心部には古いコロニアル風の建物が並び、かつての繁栄の名残を感じさせるものの、ほとんどが老朽化し崩壊しかかっている。多くの建物が手入れされておらず、風化した壁や割れた窓ガラスがめだつ。未舗装の道路を埃っぽい風が吹き抜ける。多くの露店が軒を連ねるが、それらの商人のほか、物乞いをする子供たちが道端に群がる。笑顔は見られない。誰もが痩せ細っている。生活の厳しさがありありとわかる。

まともな商人はジェラビーヤと呼ばれる、ゆったりとした白いローブをまとっている。暑い気候に適応しやすい。匡太も早いうちからジェラビーヤを着用するようになった。頭にはターバンを巻くか、クフィという小さな白帽子をかぶった。強烈な陽射しから脳を守るための必需品だった。

現地の女はトーブなる布を全身に巻きつけ、髪はヒジャブで覆っていた。子供の服装は総じてぼろぼろで、大半が裸足だった。内戦による難民が大勢流入している。迷彩柄の軍人もそこかしこで見かけた。

物資の不足は一見してわかる。食糧や生活必需品の供給が安定しないようだ。インフレのためか市場にも活気はなかった。粗末な仮設の住居が連なるスラムがよく目につく。電気や水道などインフラも充分ではない。街灯も少ないがゆえ、日没後には真っ暗になる場所ばかりだった。すなわち治安は最悪に近い。

ハルツームの郊外には荒寥とした砂漠がひろがっている。乾ききった一帯に小さな村々が点在するのみだった。村人らは農業や牧畜で生計を立てているらしい。干ばつや戦争により餓死者が絶えないときいた。

遠方から銃撃音や爆発音が響いてくるなか、匡太は錆びだらけのジープで〝神の解放軍〟の拠点へ案内された。略称はLRA、ウガンダの反政府武装勢力で、スーダン南方まで活動範囲をひろげている。

もともとスーダンは、北部のイスラム教徒を中心とする政府と、南部の非イスラム教徒やアニミスト、キリスト教徒の反政府勢力とのあいだで、激しい内戦が継続中だった。その渦中に陣取るLRAに対しては、当然ながら金がモノをいう。ジャファルからたっぷり謝礼を渡されたLRAは、見知らぬ日本人の二十七歳に滞在を許してくれた。

射撃訓練場はテントの外、砂袋を積んだだけの砂漠の一角だった。試し撃ちに渡された自動小銃は、旧ソ連製のAK47カラシニコフ。匡太はひそかにがっかりした。これではまるでオウム真理教の後追いではないか。

それでも気を取り直し射撃訓練に入る。マガジンを下部に叩きこみ、コッキングレバーを引き、最初の弾丸を薬室に装塡。トリガーを引けば発射。それぐらいは日本人でも男に生まれた以上、誰もがいつの間にか承知している。照門と照星を標的に合わせるのも常識だった。

セミオート射撃とフルオート掃射を試してみた。まず真っ先に感じたことは、万人に撃てるようにできている道具にすぎない、その事実だった。LRAには少年兵も多い。元来、人が使う武器として製造されている以上、子供でも撃てる仕組みなのは当たり前だった。思ったより軽く、取りまわしも楽に思える。発射時の反動もさほどではない。

つきっきりで案内してくれているのは、灰いろの髭(ひげ)を伸ばした三十一歳、ヤズィードだった。匡太のわきに立ち、射撃を眺めながらヤズィードがいった。「日本人がこんなところに来るとはめずらしい(ワミンアンナーディルアンヤズールアッヤーバーニー)。銃声に目を瞬かせない男となればなおさらだ(ワハッサタンアッラジュルアッラジーラーヤハーフ)」

発砲音なら藪壺組の社屋で何度もきいた。やたら騒々しいが、それだけで臆(おく)する理由にはなりえない。匡太はマガジンを交換すると、試射をつづけながら応じた。「こんなのガキの遊びとまるっきり変わらねえな(ハーザヒーラータフタリファンルゥバットゥアッテ)。バンバン撃てるしガンガン当たる」

ヤズィードが冷めた顔になった。「そりゃそうだろう。ここじゃ現に六歳の子が銃に慣れ親しんでる。戦場にでれば舐(な)めた口もきけなくなる」

匡太は思わず声を弾ませた。「俺もでられるのか？　戦場によ」

「やめとけ」ヤズィードが大仰に顔をしかめた。「それこそ遊びじゃないんだ」

「ツアー料金なら払うぜ？　なあ、俺も交ぜてくれよ」

金ときいたとたん、ヤズィードのまなざしが真剣さを帯びた。「死んでも知らんぞ。異教徒のおまえは天に召されもしまい」

「そこんとこは心配いらねえよ。三人から一斉射撃を浴びても、弾がかすりもしねえんだ」匡太は笑いながら身体を起こした。「どうやら仏様にも嫌われちまったみてえでよ」

わずか三時間後、匡太はLRAの一員として砂漠戦に繰りだしていた。ひとつの村落をめぐる攻防戦でもあった。敵の迷彩服の群れは、ウガンダ政府に後押しされたスーダン人民解放軍だというが、匡太にとってはどうでもよかった。動く敵兵と、飛んでくる弾丸さえあれば、どの勢力間の争いだろうと関係ない。生き死にの懸かった修羅場こそ、匡太の求めてやまない環境だった。

「ヒャッホー！」匡太は歓声とともに突撃し、敵兵とでくわすたび、すかさずトリガーを引いた。「最高じゃねえか！　次々に来い、次々によ！　ひとり残らずぶち殺してやらぁ！」

日本で過ごす日々が、いかにストレスを鬱積させるものだったか、いまになって匡太は痛感していた。市民が銃を没収された情けない国で、肩身を狭くしながら生きるのは、やはり性に合っていなかった。実際に銃撃戦を楽しめる立場になり、己の感覚がいかに正しかったかを理解できた。なんの制約もなく人殺しに明け暮れられる、こんなすばらしい生き方がほかにあるか。

匡太は敵勢の銃弾をいっさい恐れなかった。頭をぶち抜かれるのなら、いますぐそうなってもいっこうにかまわない。それはそれで面白い人生の締めくくりになる。だがとっさの反射神経が、ほとんど無意識のうちに危機回避に動く。しかも敵の攻撃より迅速だった。銃口が真ん丸に見えなければ、弾はまっすぐ飛んでこない。そんな単純な基本原則さえ踏まえれば、あとは暴れ放題だった。

前方の塹壕から弾幕が張られている。匡太はジグザグに駆けつつ接近し、みずから塹壕に飛びこんだ。敵兵らが驚きに目を瞠っている。間髪をいれずAK47のフルオート掃射を浴びせてやった。血飛沫とともに絶叫がこだまし、塹壕のなかに死体の山が積み重なった。

足もとの木箱に気づき、蓋を蹴り開ける。またも心が躍った。匡太はパイナップル型の手榴弾をつかみだした。見よう見真似でピンを抜き、敵勢へと放り投げた。

数秒で爆発が起き、敵兵の分隊が文字どおり吹き飛んだ。ちぎれた腕や脚が高々と舞いあがる。匡太は歓喜の笑い声を発しつつ、なおも手榴弾を投げつづけた。狙うのはかならずしも敵陣ばかりとはかぎらない。敵を殺せるのなら、味方が一緒にいようと、ためらいなく手榴弾を投げつける。戦争などそんなものだろう。あるていどの犠牲は仕方がない。目撃者をひとりも残さなければいい。

　マガジンを交換するや、匡太は塹壕から飛びだし、スーダン人民解放軍の陣地へと突入していった。味方の援護にはいっさい頼らなかった。LRAの兵士らの大半は十代の子供だったからだ。ガキの世話になんかなれるか。

〝神の解放軍〟が少年少女を拉致し、殺戮行為に駆り立てているのは有名な話だった。この戦場においてLRAの少年兵らは、身体のサイズにまるで合わないAK47を、いとも軽々と使いこなしている。羨ましい生い立ちだと匡太は思った。こんな地獄で幼少期を過ごせれば、いまごろどれだけ充実していたか。

　兵員輸送車とトラックを手榴弾で粉砕し、司令塔とおぼしき一群にフルオート掃射を加える。すると敵勢はにわかに撤収し始めた。身を翻し逃走する敵勢の背にも、匡太は容赦なく銃撃を浴びせつづけた。

　奪還した村落はLRAの手中に落ちた。陽が傾きかけてきたころ、村落から少し離れた砂漠で、LRAの成人兵らが匡太を歓迎した。ヤズィードが両手を広げ、満面の笑いとともに声を張った。「兄弟！　俺たちは日本人を尊敬してる。敗北はしたがアメリカと戦ったんだからな。これからも一緒に戦わないか。おまえみたいなカミカゼがいればウガンダを蹴散らせる」

てのひらがえしの態度とはこのことだ。匡太はただ苦笑いを浮かべてみせた。「もっといろんな兵器類について学びたくなった。AK47や手榴弾以外にも、なにか持ってんのなら使い方を教えてくれねえか」

ふいに村落のほうから叫び声がきこえた。女や子供の悲鳴が重なりあっている。

匡太はたずねた。「いまのは?」

ヤズィードが憂いのいろを浮かべた。「スーダン人民解放軍に与する村人を拷問してる。罰として腕を斬り落とすぐらいは当たり前だ」

そういいながらも悪びれたようすはない。ヤズィードが警戒しているのは匡太の心変わりのようだった。人道的に許されない行為におよんでいるという自覚は、LRAの連中にもあるらしい。それゆえ匡太が反発するのではと恐れている。できれば戦いたくない、ヤズィードの目がそううったえていた。

半ばしらけた気分で、匡太はタバコに火をつけた。「関係ねえな」

LRAの成人兵らのほうが、むしろ匡太の反応に当惑をしめす。ヤズィードがきいてきた。「気にならないのか」

「ならねえ。あんたらなりの事情があんだろ。戦争だしよ」

ヤズィードに笑顔が戻った。「だからおまえは信用できる。匡太。ひとつ忠告がある」

「へえ。どんな忠告だよ」

「今後、神に関わりのある任務があれば、積極的に受けろ。戦闘に前向きな姿勢さえあれば、神がお救いになる」

聖戦（ジハド）というやつか。匡太は肩をすくめてみせた。「肝に銘じとく。そのためにも兵器類の教えを請いたいんだけどよ」

「あいにく俺たちの武装は乏しい。武器について広く学びたいのならNIFを訪ねろ」

「NIF？」

「民族イスラム戦線だ。サウジアラビアを追われたウサマ・ビンラディンという男が、この国に匿（かくま）われてる。彼なら近代戦術に詳しい」

成人兵のひとりが申しでた。「よければ案内する」

「ありがてえ」匡太はタバコの煙をくゆらせた。「だんだんこの国が好きになってきたぜ」

本心ではなかった。村落のほうから断末魔の絶叫が反響しつづける。反吐（へど）がでると匡太は思った。機会があればこんな奴らなど殲滅（せんめつ）してやる。罪なき民間人だろうと、匡太自身の判断で殺すぶんにはかまわない。だが他人が手を下すのはむかつく。ヤズィードらのニヤケ面にフルオート射撃を浴びせてやりたくなる。

もうそんな気になってきた。匡太の親指は衝動的に動き、ＡＫ47のセーフティレバーを解除した。

10

板橋区の鉄工所跡地には、まだ多くの建物が残っている。昼間に見ると鉄筋コンクリート造の外壁は亀裂だらけで、スプレー缶による落書きばかりが覆い尽くしている。夜更けに暴走族の溜まり場になるからだ。

匡太はそれを承知のうえで、あえてＤ５を連れてきた。午前零時過ぎ、静寂の漂うなか、月明かりが工場の錆びついた鉄骨を照らす。夜空に巨大な煙突が浮かびあがっている。それらが中庭の地面に複雑な影を落とす。一面に鉄屑も散らばっていた。

隣接する団地や商店街とともに、かつては大勢の労働者で賑わっていたと想像できる。それでもこんな夜更けには、こうして無音の闇がひろがるのみだったろう。ちがいといえば、割れた窓を塞ぐベニヤ板が風に振動し、絶え間なく微音を発しつづける、それぐらいか。フクロウの厳かな鳴き声も交ざっていた。

がらんとした中庭にホンダのオデッセイを停め、匡太は車外へ降り立った。D5はみな腰が引けている。ヘッドライトを消しただけで、五人揃って動揺をしめす。

匡太はげんなりしながら声をかけた。「そんなにびびんな」

真っ暗な空間から檀崎の震える声がかえってくる。「匡太さん、俺たちは技術者だよ。抗争の現場にひっぱりだすなんて無茶だ」

「抗争」匡太は笑った。「こんなの抗争のうちに入らねえよ。いいからシャキッとしな。うちにはほかに兵隊もいねえんだから、あんたたちにも働いてもらわねえと」

土井の声も臆した響きを帯びていた。「いっせいに襲いかかってきたらどうする？　こんな拳銃だけじゃ歯が立たんよ」

遠くからエンジンの爆音が風に運ばれてきた。一台や二台のバイクではない。匡太はいった。「来たぜ。俺の左右に並べ。横一列にな。みんな銃は持ってんだろ？　逃げだしたりすんなよ」

五人が黙々と指示にしたがう。もともと度胸を買って雇用したわけではない、頼りなさは百も承知だった。

まずは実用的な兵隊を募る必要がある。バブル経済が崩壊し、いまや十代や二十代はろくなバイトに恵まれていなかった。そんな時勢を反映してか、あちこちで不良どもが徒党を組み跋扈しだしている。ただしどいつもこいつも、自分で理由もわからずむしゃくしゃして、鬱憤晴らしに暴れまわっているだけでしかない。結局は警察に頭があがらずにいる。国家権力に踏みにじられているうちは、自由な生き方だとはいえない。スーダンで嫌というほど理解した。ゴミみたいな社会は根底からひっくりかえすにかぎる。

バイクのエンジン音が低く唸る。接近するにつれ空気の振動が顕著になってきた。ヘッドライトの光が無数に蛇行しつつ中庭に入ってくる。群れをなすバイクが轟音をあげ、辺り一帯の闇を埋め尽くす。

排気音から大半がリッターバイクだとわかる。ライダーたちのシルエットは大柄揃いだった。後輪に火花を散らし、コンクリート敷のゲートを続々と乗り越える。風に翻るチームの旗が浮かびあがる。西洋風の悪魔を象ったマークが刺繍してあった。

暴走族は匡太たちの存在に気づいたらしく、真向かいから左右に展開すると、横並び数列にバイクを停車させた。威嚇するように騒々しくエンジンを噴かす。すべてのヘッドライトがこちらに向けられ、視界が真っ白に染まる。眩しさにＤ５の面々がたじろぎだした。

思わず半笑いになる。匡太はD5に告げた。「銃を構えろ。まっすぐにな」

　五人がそれぞれ右手の武器を突きだす。土井や伊達、檀崎、大地が握りしめるのは、彼らの手製の銃ではない。藪壺組から匡太が奪った既製品の拳銃四丁だ。装塡されている残弾も数発ずつでしかない。匡太がスーダンに滞在した数週間だけでは、D5は銃をまるごと製造するにはおよばなかった。

　暴走族のあいだに緊張が漂った。銃口に脅威を感じたらしく、エンジンを切る者も少なくない。騒音はあるていど軽減された。

　だが代わりに嘲るような笑い声が響きだした。誰もがフルフェイスヘルメットで顔を隠してはいるが、げたげたと笑う声がたちまちひろがっていく。

　無理もねえなと匡太は思った。匡太が右手で突きだしているのは、いちおう拳銃に似た形状ではあるものの、よく見るまでもなく釘打ち機だった。のみならず最年長の五十代、出村の手にあるのはヘアドライヤーになる。出村の腰が引けつつあるため、よけいに暴走族の笑いを誘う。

　釘打ち機とヘアドライヤーのせいで、ほかの四丁の拳銃も玩具に見えるのだろう。暴走族のひとりがヘルメットを脱いだ。十代後半か二十歳そこそこの痩身、剃りこみの入った短髪の細面が、ひとりバイクを降りた。手にした鎖を武器がわりに振りまわし、ニヤニヤした笑いとともに歩み寄ってくる。「おっさんたち、それなんの遊びい？　俺たち退治しに来たの？」

リーダー格らしきライダーが、ヘルメットをかぶったままいった。「筒貫(つつぬき)、勝手な真似をすんな」

筒貫と呼ばれた剃りこみの顔には、なおも笑いが留(とど)まっていた。「心配ねえっスよ、桑茄(くわな)さん。こんなふざけたおっさんらは轢(ひ)き殺す価値もねえ。俺が吊(つ)るしあげてやります。おい、おっさん。それでバンッて俺を撃つつもりかよ。撃ってみろよ、早くしな」

痩(や)せたつなぎが、小馬鹿にするように両手を上げ、匡太らの眼前で腰を左右に揺すった。でき損ないのフラダンスの振り付けのようでもある。

匡太は鼻を鳴らした。「面白(おもしれ)え奴だな、てめえは。いますぐ死ね」

ようやく不穏な空気を察したのか、筒貫の顔がこわばった。匡太は釘打ち機のトリガーを引き絞った。

D5は拳銃の外殻を製造しきれなかった。だがその代用として、銃に似た形状の既製品を改造し、火薬による発射機能を備えさせる、そこまでは達成していた。むしろそのほうがユニークな銃に仕上がった。本来の釘打ち機は圧縮空気で釘を打ちだすが、このシリンダー内には火薬が詰まっている。トリガーを引くとピストンを押し下げ、薬室で爆発が起きる。初速一一〇〇fps、すなわち四十五口径オートマチック拳銃に匹敵する威力を発揮し、釘が瞬時に撃ちだされる。

鼓膜を破らんばかりの銃声が轟いた。銃火が辺りを赤く染める。発射された釘が筒貫の胸部に深々と突き刺さった。

筒貫は目を剝き、信じられないという顔でのけぞると、口から血を滴らせた。両手を高々と上げたまま、筒貫はばったりと地面に倒れた。

暴走族がにわかに狼狽しだした。匡太は低い声でD5のうち四人に呼びかけた。

「土井、伊達、檀崎、大地、撃て。当たらなくてもかまわねえ」

四人が一斉射撃を開始した。けたたましい銃声が重なり合い、騒然と響き渡る。そこかしこのバイクに跳弾の火花が散った。着弾が抉った地面上に無数の土塊を弾けさせる。ライダーらがどよめき、誰もが姿勢を低くした。スーダンでの戦闘と比較すれば微風に等しいものの、暴走族を震えあがらせるには充分だった。

匡太は声を張った。「どいつもこいつもエンジンを切れ。近所迷惑だろが!」

さっき桑茄と呼ばれたリーダー格が、仲間たちに手を振る。暴走族らはあわてぎみにバイクのエンジンを切った。廃鉄工所の中庭に静寂が戻った。

数人がヘルメットを脱ぎ、倒れた筒貫のもとに駆け寄る。ひとりが愕然（がくぜん）とした声を響かせた。「なんてこった。死んでるぜ」

ライダーどもは身を固くしたが、一般人ほど取り乱したようすはない。仲間の死体を前に泡を食うほど、メンバーの肝は小さくないようだ。殺人と無縁ではない日々を送ってきたとわかる。匡太の予想どおりだった。こいつらはただの暴走族ではない。

桑茄が両手でヘルメットを持ちあげ、素顔をさらした。精悍（せいかん）な面立ちの二十代後半だった。匡太とほぼ同い年に見える。バイクを降りた桑茄が緊張とともに歩み寄ってくる。「筒貫を殺しやがったな」

「笑わせんな」匡太は釘打ち機を桑茄に向けつづけた。「てめえにとってこいつは、ふだんから持て余すぐれえの厄介者だったろ。くたばってくれて内心ありがてえと思ってるはずだ」

「あんたに俺たちのなにがわかる」

「出琵婁（デビル）だろ」匡太はようやく釘打ち機を下ろした。「暴行に傷害、万引き、ひったくり、バイクやクルマの窃盗が専門。ほかの暴走族と抗争して何人か殺してるよな。メンバーの半分を警察にしょっぴかれても、まだめげねえのが気にいった」

「……あんたは何者だよ」

「匡太」

「なに匡太だ？」

「ただの匡太だ。それでいいだろ。おめえら蒲田の首都連合と争ってるよな。俺たちが力を貸してやる」

桑茄は萎えぎみの顔になった。「あんたはともかく、ほかの五人のおっさんが、いったいなんの力になるってんだ」

匡太はD5に目を移した。五十代の出村に釘打ち機を投げ渡す。「そっちのを寄越せ」

代わりにヘアドライヤーを受けとった。例によって銃のごとく右手で構える。ドライヤーの吹出口を、筒貫が乗ってきたバイクに向けた。グリップの冷風スイッチはトリガーに改造されている。それを人差し指で押しこむ。

強烈な反動をてのひらで受けとめる。出村がかつて在籍していたダイキン工業は砲弾の製造で知られる。特殊設計の五五ミリ弾頭が、グレネードランチャーさながらの威力で発射される。無人のバイクに命中するや爆発の火球が膨れあがった。眩いばかりの閃光と吹きすさぶ熱風に、出琵妻がいっせいにたじろいだ。轟音とともに炎に包まれたバイクが四散し、パーツ類を宙に舞いあがらせる。油のにおいが鼻をついた。

耳障りな金属音とともに鉄屑が地面に降り注ぐ。

燃え盛る火炎が辺りを赤く明滅させる。匡太は平然といった。「銃だ。わかるよな。この国じゃ誰もが丸腰を余儀なくされてる。優位に立つには銃しかねえ。俺たちはそれを供給できる」

桑茄は降参するように両手をあげていた。「あんたらの強みは理解できた。だがなぜ俺たちに肩いれする？　なにが目的だ」

「目的？　そうだなー」匡太は一席ぶつことにした。「陳腐だろうがきけ。この世に生まれてみりゃ、他人のきめた社会なんてもんが構築されてて、それを押しつけられそうになったろ。んなもんご免じゃねえか。俺は自由に生きる。我慢や辛抱を一秒でも強いられたら、そりゃもう本物の自由じゃねえ」

親など知らずに育った。匡太の幼少期は、日本の高度経済成長期と重なっていたものの、捨て子の数がやたら多かった。匡太もそのひとりだった。裕福さとは無縁の環境のみがあった。法的に養護施設という名称がきめられようとも、世間がまだ孤児院と呼んでいたウサギ小屋に、収容人数を超える子供たちがひしめきあっていた。常に過密状態で、充分な生活空間など得られるはずもなかった。古く狭い木造家屋に、劣悪な衛生状態、むろん暴力や虐待がはびこっていた。

十歳の匡太は、威張り散らすばかりの保育士を刺殺し、ひとり施設を飛びだした。以後は生き抜くため、自分のルールを構築するのが当然になった。氏名すら国家がつけた記号にすぎない。法にも制度にもいっさい従属する気はない。社会こそが匡太にしたがうべきだった。

先日スーダンで会ったウサマ・ビンラディンは、そもそも富豪の出身だとわかった。そのせいか軍事面の知識以外では、学ぶべきところがほとんどなかった。かつて餓えをしのぐため、スリッパすら食いちぎった匡太にとって、スーダンで共感できるのは紛争地帯の最前線に生きる人々に限定された。

地獄を知らず、のうのうと生きている連中を、ひとり残らず修羅場に突き落とす。思いつくまま気の向くまま、世をカオスにひきずりこむ。そこに快楽があると匡太は自覚した。人はどうせ死を回避できない。人類の築いた高度な文明など、偶然の産物にすぎないうえ、死ぬまでの暇潰しにしかなりえない。ひ弱な奴らがすがりたがる社会の構造を、根底から覆し、引っ搔きまわす。安泰という名の幻影に浸りきる自称文明人どもに、猿山のような酷く醜い争いを繰りひろげさせる。啓蒙や教育ではない。ただ現実を見せつけるだけだ。これほど面白い試みはたぶんほかにない。充分に今後の生き甲斐になりうる。

桑茄が苦々しげにささやいた。「あんたは……大胆すぎる」

「こんなことで圧倒されんな。平たくいえば、日本じゃ銃がありゃ無敵ってこった。最高にわかりやすい話じゃねえか」匡太は檀崎に視線を向けた。「桑茄に拳銃をくれてやれ」

檀崎の手にはリボルバーがあった。ためらいの素振りをしめした檀崎が、桑茄の足もとに拳銃を投げた。

「どうだ？」匡太は桑茄にたずねた。「そいつがありゃ人差し指一本で殺せるんだぜ？いままで鉄パイプ振るってた苦労が馬鹿みてえだろ。撃ち方は知ってるよな？」

身をかがめた桑茄が拳銃を拾いあげる。拳銃は人を魔物に変える。桑茄の顔もみるみるうちに邪悪ないろを帯びだした。「ああ。見当はついてる。引き金を引きゃいいんだろ」

ふいに桑茄が拳銃を匡太に向けてきた。ざわっとした驚きが暴走族にひろがる。D5の面々がそれぞれに拳銃を構えようとする。だが匡太はすばやく片手の合図で制した。仲間たちに桑茄を狙わせなかった。いま桑茄の拳銃だけが匡太に突きつけられている。

匡太は平然といった。「おい。力をくれた恩人を裏切るのかよ」

「てめえに恩なんかありゃしねえ」桑茄が拳銃のトリガーを引き絞った。

　ダブルアクションで持ちあがった撃鉄が、薬莢の底を叩き、銃口が火を噴く。そのはずだった。しかしカチンと金属音が響くのみでしかなかった。桑茄がぎょっとした。何度かトリガーを引くが、同じ音が繰りかえされる、それだけだった。

　やはりゾクは思考が低レベルだ。イチから躾けないことには使いものにもならない。

　匡太は出村特製の五五ミリ砲弾をポケットからとりだすと、ヘアドライヤーの噴出口に装塡した。「オートマチックとちがってリボルバーは弾切れがわかりにくくてな。でも俺は気づいてたからよ」

　ヘアドライヤーを桑茄に向ける。瞳孔の開きぐあいが驚愕の度合いを物語る。匡太はしらけた気分でトリガーボタンを押した。

　鈍い発射音とともに砲弾が撃ちだされ、桑茄の腹にめりこんだ。身体をくの字に曲げたからには、砲弾は深々と体内に入りこみ、内臓すら突き破ったかもしれない。ただしそれを視認できたのは一瞬にすぎず、直後に桑茄は大爆発を起こし、燃え盛る肉片を放射状にぶちまけた。

　暴走族はどよめきとともに恐れおののき、大半がバイクごと爆風に薙ぎ倒された。桑茄は跡形もなく消し飛び、くすぶる地面に火の粉だけが降り注いだ。

中庭にはただ戦慄がひろがっている。D5すら腰を抜かし、五人ともへたりこんでいた。動じることなくたたずんでいるのは匡太ひとりだけだった。

タバコを口にくわえる。飛んでくる火の粉を吸い寄せ、先端に着火した。肺をたっぷりと煙で満たし、匡太はゆっくりと歩を進めた。

尻餅をつく暴走族のなかに、十代後半とおぼしき少年の顔があった。少年は怯えきった面持ちで匡太を見上げていた。

「名前は？」匡太はきいた。

「つ……顆磯。顆磯多木」

「タキ」匡太は初対面の顆磯をそう呼んだ。「今後はおめえが出琵妻を仕切れ」

「……でも」顆磯が半泣き顔で弁明した。「うちには俺より年上の先輩が大勢……」

「んなこと関係あるか。このD5を見てみろ。ハゲどもが俺より老けてんのはわかるな？」

顆磯がD5に目を向けたのち、また匡太を仰ぎ見ると、必死に何度もうなずいた。

「そんなにびびんなよ」匡太は立ち上る火柱を眺めながらせせら笑った。「肩書きを外しちまえば、警官から政治家まで、ただ体毛のねえ猿だろが。自由になろうぜ、タキ。欲望を一ミリも遮られねえ自由によ」

11

ワルの集団を統率するにあたり、匡太はひとまず暴力団を手本にすることにした。藪壺組は建設業で法人登記をしていたのが記憶に新しい。ひと目でカタギでないとわかる荒くれ野郎どもの群れに、なんらかの理由づけをするとなると、たしかに建設業が最適に思えた。

匡太はアシダカ建設株式会社を設立、追及の手が伸びそうな関東を避け、大阪の南(みなみ)船場(せんば)に社屋を置いた。社名には特に意味はない。それらしく見えればなんでもよかった。

法や規則に従属せずに生きる、そうきめたところで、当面は団体の隠れ蓑(みの)が必要になる。情けない話、司法の目を逃れるすべを模索せねばならない。腹立たしいが初期段階は熟成に向け、烏合(うごう)の衆を鍛えあげることが急務だった。暴走族あがりの度胸だけでは知能犯罪に手を染められない。あるていどの知識や常識を学ばせるところから始める。ついてこられそうにもない輩(やから)は排除する。この場合の排除とは、むろん命を奪うことを意味する。

大阪の社屋を何度か地元の警察が訪ねてきた。匡太は不在だったが、留守番をしていた社員らによれば、不審に思った近所の住人が通報したらしい。どうやら看板だけでは会社と見なされないようだ。とはいえ実績のない新規参入の会社では、仕事の受注もままならなかった。高度な技術が必要な仕事となると、そもそもこなせない。

そのうちどこも受けたがらない仕事が見つかった。ところが発注元の企業もこちらと同様、やばい団体の隠れ蓑だった。仕事内容は山梨県西八代郡の上九一色村に、新たなサティアンを建設すること。すなわち依頼主はオウム真理教だった。

スーダンの〝神の解放軍〟メンバー、ヤズィードの言葉を匡太はおぼえていた。神に関する任務なら引き受けろと彼はいった。信心深いほうではないが、これで神を味方につけられるのなら容易い。

元オウム信者の土井と伊達が、先方に事情を説明した結果、サティアン建設は匡太の会社に一任された。匡太は出琵婁のなかでも土木作業や鳶職経験のある連中を派遣し、違法建築を承知のうえで全面的に協力した。一方でサリンプラントの設計図を盗ませることも忘れなかった。

匡太が二十八歳のとき、地下鉄サリン事件が発生した。翌年には警察の機動隊がサティアンに突入、オウム真理教の尊師や幹部が逮捕されてしまった。

「なんだよ」匡太はアシダカ建設の事務所で、ベンチプレスのトレーニングをつづけ
ながらぼやいた。「神がお救いになるんじゃなかったのか」
　現場の作業着が似合うようになった顆磯が、近くの事務机から応じた。「サリンプ
ラントを丸ごとこっちで造れるぐらいの情報は得ましたよ」
「んなもん意味もなく造ってどうするよ。オウムの二番煎じじゃあがらねえ」
　電話が鳴った。顆磯が受話器をとった。「はいアシダカ建設です。……はい？」
　身を乗りだす顆磯が気になった。妙にはきはきと返事をする。匡太はベンチプレス
を続行しつつも聞き耳を立てていた。顆磯が受話器を戻すと、匡太はたずねた。「ど
うかしたのか」
「神戸の再開発っスよ」顆磯が目を輝かせながら書類にペンを走らせた。「大手じゃ
対応しきれねえから、案件を片っ端から引き受けてくれる建設業者を求めてるって。
匡太さん、こりゃチャンスっすよ！」
「ああ……」匡太はバーベルのバーをフックにかけ、ベンチから起きあがった。下腿
三頭筋を鍛えるためのフットワークに入る。「そっか。今年の初めの地震か」
　一月一七日、明石海峡を震源とするマグニチュード七・三の激震が近畿圏を襲った。
神戸市街地の被害は特に甚大だった。

偶然にも大阪に本社を設立したアシダカ建設は、復興事業のため引く手あまたになった。大規模工事は未経験ゆえ、下請けを探してそちらに仕事をまわしたが、中抜きだけでも巨額の儲けがでた。匡太の率いる元出琵妻は、まだ犯罪に手を染めてもいない段階で、合法的手段により大きな蓄えを得た。

もっとも、それでカタギに転じられるほど、元出琵妻メンバーらはまともではなかった。匡太の指揮で麻薬密輸業を再開し、資金を巨大な富に変えていく一方、東京に繰りだしては首都連合と激しく衝突した。

出琵妻が犯罪組織化したのと同時期、ほかの暴走族も似たような変化を遂げていった。もともと暴走族にはヤクザ予備軍の側面があったが、暴対法により暴力団の力が弱まり、昨今ではスカウトが激減していた。暴走族みずからが多方面の犯罪に手を染めだすのは自明の理だった。めだつ暴走行為は控えるようになる一方、メンバーどうしが緩くつながり、強盗や詐欺で金を集めだした。表の顔として水商売を営むグループも少なくない。怖いもの知らずの若い世代が中心になっているためか、暴力団事務所すら次々と襲撃し、金品や資産を奪うことが常態化した。

元出琵妻もそんなグループのひとつに埋没しかけていた。しかも匡太は三十三歳になり、中年リーダーとみなされだしている。抗争に明け暮れるばかりで、やっていることは二十代と変わらない。世のなかを引っ掻きまわすはずが、変に迎合し、ぬるま湯に浸かるばかりになってはいないか。

匡太は午前中の体幹トレーニングを怠らなかった。来る日も来る日も身体を鍛えつづけた。社屋の裏庭で左右蹴りをそれぞれ七種類ずつ、すばやく二十秒間にきめる。間を置かず高速連続蹴り。大木の幹をもキックでへし折る。回旋筋腱板の鍛錬も忘れてはならない。ここに強靱さがなくては、腰のひねりに生じるエネルギーが肩関節で削減されてしまう。こぶしが標的にヒットしても打ち抜けない。ダンベルよりチューブをひっぱるほうが鍛えられる。やはり幹に巻きつけたチューブを片腕で引き寄せる。

ぼんやりと大学生のころを思いだしていた。本物の笹霧匡太の記憶がいつまでも尾を引く。柄でもないが、あいつのためにも真の自由を得たい、日々そんな欲求が募っていった。

あいつは純朴な男だった。そういう男が食われて犠牲になる社会だ。人はわがままな動物でしかない。だがそれを知性ある生物と身勝手に曲解しがちだ。権力者は人権や平等に配慮するふりをし、そんなみずからのおこないを善行と自負し、免罪符がわりにする。ふざけた理屈だ。奴らは不幸な生い立ちにより虐げられる層の存在を知りつつ、そこから目を背け、のうのうと豊かな暮らしに身を置いている。ひとり残らず地獄をみせてやるにかぎる。

世を変えたいなどとは微塵も思わない。そんなこと自体が不可能だ。貧しい連中に恵んでやったところで、酒やパチンコに消費して終わりだ。人という動物は利己的で怠惰で愚鈍でしかない。人類がいずれ滅ぶのは確実だが、秩序の崩壊を早めてやることで、大衆が溺れるようにもがき苦しむさまを見物するのも悪くない。匡太のやりたいことはそれだけだった。ライフワークや使命と呼べる崇高なものではない。強いていうなら快楽の追求だ。なにもわかっていない、みずからを理性的とうぬぼれる輩どもが、じつは猿と同じでしかなかったと絶望しながら死んでいく。こんな面白い見世物がほかにあるか。

罪もないガキやら女やらが、不幸にして無残な死を迎え、遺族が嘆き悲しんだりする。匡太はそういう話をきくのも、まのあたりにするのも好きだった。心の底から笑えるからだ。罪もないというが、奴らはその死んだガキやら女やらが、じつは多くの生命を奪ってきた事実を無視している。牛や豚が惨殺されてきただろうし、植物や穀物にしても生きている。木造家屋は切り倒した木の死骸でできている。ガキとはつまり餓鬼だ。いつも飢えと渇きに苦しむ亡者だ。動物はみんなそうだ。だから因果応報、万死に値する。不特定多数の連中が死に際に発する、断末魔の叫びが耳に心地いい。

むろん匡太自身もいずれ死ぬ。だが生きているうちは快楽を追求させてもらう。自称知性人どもに、安泰という幻想などあたえつづけはしない。奴らが両手で空を掻きむしり、地獄に転落していくさまを、飽きるまで見物してやる。己の命が果てるのなら世の全員を道連れにする。訳知りな態度で人を見下すのは許せない。あくまで最期に悟らせてやる、人類など猿と同等の存在、繁栄も生命そのものも無意味だったと。

麻薬密売だけでは、たいして社会に影響力を持てない。もっと楽しみたい。匡太は社長室でトレーニングをつづけながら考えをめぐらせた。世を恐怖のどん底に叩き落とす方法はないものか。

そんな熟考にふけるうち、生きているうちは美味いものが食いたいとか、いい女とやりたいという煩悩じみた欲望が脳裏をよぎる。匡太も自身の愚劣ぶりを知り、おおいに苦笑させられる。動物の行動の源は快楽だ。自分ひとりだけは気ままに、好き勝手に生きてこそ、真の自由の追求といえる。それ以外の目的などあるわけがない。

肩と腕が悲鳴をあげるまでチューブをひっぱりつづける。繰りかえすうちチューブが幹に食いこんでくる。きしむ音が連続し、やがて大木が倒れてくる。そこまでがワンセットだった。この雑木林では三分の一の木々がすでに横たわっている。

倒れた幹の向こうから人影が現れた。最近になって仲間に加わった二十五歳、傳谷奏汰(そうた)が歩み寄ってきた。「社長宛(あて)にハガキです」

元出琵妻以外にも、巷(ちまた)の不良どもが新規加入してきている。なかでも傳谷はそこそこ使える男だった。匡太はハガキを受けとった。「なんだこれ。内閣総理大臣主催の〝桜を見る会〟?」

「出席を求める招待状っスよ」

「ふざけろ。俺は国内有数の麻薬ルートの元締めだぜ? なんで総理大臣に招待されんだよ」

「麻薬のことなんか政府は知りませんよ。アシダカ建設の代表取締役宛っす。震災復興への貢献が認められたんっスよ」

「〝桜を見る会〟ってのはなんだ。花見で野球拳(けん)でもやろうってのか」

「野球拳はやらねえでしょうけど、そこにも書いてあるとおり、一九五〇年代からつづく行事らしいっす。ずっと歴代の総理が主催してきて、新宿御苑(ぎょえん)に大勢を招待するとか」

「大勢ってどれぐらいだ?」

「何千人とかじゃねえっスか? 何万かも」

「なんだ。グレイやビーズのコンサートじゃあるめえし」

「でも皇族やら大使やら、政治家やら著名人やらが集まるんっスよ？　匡太さん、そういうの好きじゃなかったっスか？　騒動起こすにゃ最適だとかいって」

いったんポケットにねじこんだハガキだったが、匡太はまた手にとった。いわれてみればたしかにそうだ。爆弾を投げこむだけでも壮絶な修羅場になりうる。下見気分で招待に応じてみるか。面白そうな場だったなら、来年には招待がなくとも出向いていって、あらためて集団殺戮に興じればいい。

ヤエザクラが咲き誇る四月中旬、匡太はオーダーメイドのスーツに身を包み、ひとり新宿御苑へと赴いた。

柔らかな午前の光が射しこむ広大な庭園が、淡い桜いろに覆われている。春風が枝葉を揺らし、無数の花びらを青空に舞いあがらせる。大都会の中心部とは思えない厳粛さと静けさが漂っていた。

スーツや着物に身を包んだ招待客らが、それぞれに相応の品格を漂わせ、桜の木々を眺め歩く。満足そうな笑顔は、自分たちが選ばれし存在であるとの慢心や虚栄心あってのことだろう。テレビのニュースでよく見かける政治家らも、きょうは和やかな表情で談笑している。庭園のそこかしこにカメラのシャッター音が響き渡る。報道陣も招かれているようだ。

傳谷のいう何万は大げさだったが、招待客だけでも一万人近くはいると思われた。有名な文化人やスポーツ選手も頻繁に目につく。だが匡太が関心を抱くのは政界の大物たちの顔ぶれだった。

大渕恵三総理が歩いてくる。周囲がざわめき、報道陣が群がる。総理は落ち着いた足取りで歩を進め、ときおり立ちどまっては、招待客と気さくに言葉を交わす。

これが〝桜を見る会〟か。退屈なイベントだと匡太は思った。総理はSPを従えてはいるものの、終始隙だらけだった。襲撃しようと思えば難なく果たせる。会場は大混乱に陥るだろうが、あまりに簡単すぎて張り合いがない。

総理に媚びを売りに行く気にもならず、ぼんやりとたたずむうち、ふとひとりの政治家が目にとまった。年齢は四十代半ば、矢幡嘉寿郎だった。現在は内閣官房副長官を務めている。

歓談する矢幡の後ろに夫人がいた。有名政治家の美人妻として、マスコミでも常々話題になっている。矢幡美咲、年齢はたしか三十代半ばだったはずだ。新聞の写真で見るよりも若々しかった。肩にかかるていどにまとめた巻き髪が、白く透き通った小顔を縁取っている。きりっとした目が特徴的な一方、総じてあどけなさの残る面立ちで、どこか無垢な雰囲気を漂わせる。レディススーツのいろは派手なほうで、丸みを帯びた抜群のプロポーションが浮かびあがる。タイトスカートから伸びる長い脚も魅惑的だった。

しばし人々のざわめきが遠ざかり、無音のなか美咲ひとりを眺めている、匡太にはそんな気がしていた。いつしか目が離せなくなっていた。木漏れ日が彼女を引き立てんと降り注ぐ。夫が招待客の相手をするあいだ、黙って背後に控える美咲のまなざしに、どこか儚さがともなう。思わず近づいていって話しかけたい衝動に駆られる。

ふと匡太は我にかえった。そういえばここ数日、女はご無沙汰だった。たったそれだけの期間でも、早くも性欲の抑制が困難になりつつある。美咲はたしかに匡太の好みのタイプに該当する。人妻というのがまたいい。ことが面倒でなく済む。美咲にのぞくアンニュイな雰囲気からして、夫との夜の生活が充実しているわけではないのだろう。

スーツが三人ほど美咲に歩み寄った。匡太と同じ衝動に駆られたかに思えたが、男たちに愛想はなかった。いずれも二十代後半で、髪だけは公務員風に整えているものの、顔つきがやけにいかつい。三人ともカタギでない人間に特有の空気をまとう。美咲も三人を見るや、怯えた表情で視線を落とした。どうやら面識があるようだ。

三人のうちひとりが顎をしゃくった。美咲は救いを求めるような目を夫に向けたが、矢幡官房副長官はなおも招待客の相手で忙しかった。夫人を気にかける関係者は周りに誰もいない。

美咲は仕方なさそうに歩きだした。三人が美咲を囲むように歩調を合わせる。木々の合間を抜けていき、人目につかない場所に移ろうとしている。

こいつは興味深い。匡太はゆっくりと後を追いだした。〝桜を見る会〟にまちがって招待されたろくでなしは、どうやら匡太だけではなさそうだった。震災復興絡みで土建屋を多く招いてしまった結果、そういう手合いが紛れこみ放題なのだろう。内閣の呑気な平和不感症ぶりは、もはや滑稽の域に達している。

やや足場の悪い木立のなかを抜けていく。満開の桜からは一転し、暗いいろの葉をつける雑木林がひろがっていた。その奥から美咲のぼそぼそとささやく声がきこえる。

匡太は耳がよかった。美咲が切実に抗議している。「ぜんぶだといったじゃないですか」

男の声は横柄な響きを帯びていた。「新たに商品が入荷したってだけだ。買ってくれなくてもかまわねえんだぜ？」

木の幹に身を隠した匡太は、行く手のようすをうかがった。雑木林のなかに四人が立っている。美咲の手には写真の束があった。憂いのいろとともに美咲がうったえた。

「困ります」

「そりゃ困るだろ」三人のうち別の男がぞんざいにいった。「週刊誌に売りゃ確実に冒頭で特集が組まれるだろな。なにしろ枚数があるからよ」

美咲は涙声だった。「お金はもう払ったのに……」

「ありゃ最初の五枚ぶんだ。今度はこの十八枚。だが値段は倍に留めといてやる。お買い得だろ」

困惑を深めたようすの美咲が、潤みがちな目で男を見つめた。「そんな大金、わたしひとりの一存じゃ用意できないんです。どうか……」

「旦那をうまくいいくるめろよ。それが駄目ならどっかで稼ぎな。政治家先生相手なら金になるだろ」

男の手が美咲の胸に伸びた。美咲が身を引こうとする。ほかの男が美咲を羽交い締めにした。悲鳴があがる前に、美咲の口は手で塞がれた。

「どれ」男が舌なめずりしながら両手を美咲の身体に這わせた。「売り物になるかどうかボディチェックで判断してやる。手触りは悪くねえな。歳のわりにいけそうだ」

美咲は呻き声を漏らした。身をよじり、必死に抵抗を試みるが、羽交い締めからは逃れられずにいる。手にした写真が地面に散らばった。なおも執拗に男ふたりの手が、美咲の身体を服の上から撫でまわす。

匡太は怒りを募らせた。義憤に駆られたのではない。美咲はもう俺のもんだ、そうきめてかかっていたからだ。木陰から歩みでると匡太はいった。「勝手に触んな」

三人の男が揃って目を剝き、匡太に向き直った。美咲も驚きのいろを浮かべている。

「やれやれ」匡太は立ちどまった。「おめえら桜を見ねえのか。そのために招待されたんだろ」

すると三人のうちひとりが仲間に告げた。「こ、こいつ匡太だぜ?」

仲間のふたりが愕然とする反応をしめした。うちひとりが頓狂な声を発する。「なに? マジか。出琵琶妻どもの頭におさまりやがった、あの匡太か」

「まちがいねえ。こないだ芝浦の埠頭にいやがった」

「あん?」匡太は思わず眉をひそめた。「芝浦の埠頭って、てめえら首都連合か。あー、てめえらも土建屋のフロント企業を営んでるクチか。それで招待されたんか。芝浦じゃ十人ほど東京湾に沈めてやったな」

男のひとりがいきり立った。「よくも連れを殺してくれたな。このツラ忘れたとはいわせねえぜ」

事実として記憶していない。匡太は鼻で笑った。「モブなんかいちいちおぼえてられるかよ」

「なめんなクソ匡太!」男が突進しだすと、わきで美咲が短く悲鳴をあげた。男の右手に刃渡りの長いナイフが握られていたからだ。

男は首都連合のなかでも俊敏なほうにちがいない。二十代の動きはふつう三十代を凌駕(りょうが)する。数歩の距離を瞬時に詰めてきた。匡太に対し勝機を感じているようだ。

だが匡太にとっては軽い暇潰(ひまつぶ)しの機会にすぎなかった。匡太は男の上腕に手刀を浴びせた。敵の肘(ひじ)を曲げさせると、身を翻しつつ手首を掌握した。ナイフを握る手を腕ごとつかまれ、男は必死の形相でもがきだした。ふたりが助太刀するため駆け寄ってくる。

匡太は口もとを歪(ゆが)めた。男がどんなに身をよじろうと、その腕をとらえた匡太にとって、すでにナイフを奪ったも同然だった。男の腕ごと力ずくでナイフを縦横に振らせる。男は逆らいきれず翻弄(ほんろう)されるのみでしかない。匡太が踏みこむと、ふたりのうちひとりの胸部に、銀いろの刃が深々と突き刺さった。

自分のナイフで仲間を刺してしまい、男が激しい動揺をしめした。匡太は男の手を上から握り、けっしてナイフを手放させず、尖端(せんたん)をねじらせ裂傷をひろげた。

酷(ひど)い仕打ちをまのあたりにすると、人は例外なく取り乱す。残るひとりが泡を食い、匡太につかみかかってきた。「この畜生めが。やめやがれ！」

匡太はすばやくもう一方の手を伸ばし、男の顎をつかんだ。下顎頭を力ずくで前方にひっぱる。関節の外れる手応えがあった。通常おさまるべき下顎窩のくぼみに戻らず、関節結節にひっかかった下顎頭が、脱臼状態のまま動かなくなる。男はあんぐりと口を開いていた。

「どうしたよ」匡太は嘲笑った。「おかしすぎて顎が外れたか。いまもとに戻してやる」

こぶしを固めるや、匡太は男の下顎をアッパーで突きあげた。男はのけぞりながら宙を舞った。

刃で胸を刺された男も地面に倒れた。血まみれのナイフはまだ最後の男が握っている。というより捨てさせまいと匡太がしっかりつかんだままだった。手首をねじりあげ、刃の尖端を男の腹部に突きつける。男の顔は血の気が引き、真っ青に怯えきっていた。

至近距離で匡太はいった。「早く逃れてみろよ。このまま俺がちょっと力をいれりゃ、ナイフの先がてめえの腹を貫くぜ」

男はがむしゃらに抵抗したが、匡太の腕力のほうが勝っていた。いっこうに脱出できない男が弱音を吐いた。「た……助けてくれ」

「おー、いい顔してんな。刺されるのが怖えか。こんなナイフ一本で匡太様が仕留められりゃ夢物語だよな」

「やめてくれよ」男の顔は恐怖に歪んでいた。「降参する。てめえにはもう逆らわねえ」

「写真のプリントとネガは？　どこに保管してやがる」

視界の端に美咲が立ち尽くしている。プリントとネガ、そうきいた美咲が目を見開く。胸騒ぎをおぼえたようにこちらを凝視してくる。

男がおろおろと白状した。「西糀谷一丁目のナスだ。でも俺には取りだせねえ」

ナス。若い世代の犯罪集団は、安アパートの隠れ家をそう呼ぶ。イタリア語で隠れ家を意味するナスコンディーリョの略だ。首都連合のナスなら場所はほとんど把握していた。

「ありがとよ」匡太は手に力をこめた。ナイフの尖端が男の腹を抉りだした。

「喋ったろ！」男が激しくうろたえた。苦痛の叫びを発する寸前、匡太はもう一方の手で、男の口をふさいだ。ナイフが腹に深く突き刺さると、男は痙攣しながら、馬のいななきのような唸り声を発した。

傍らで美咲がすくみあがり、両手で顔を覆っている。案外しおらしい女だった。匡太は男を突き飛ばした。腹からナイフの柄が突きでた状態で、男は地面の上で大の字になった。

匡太は美咲に向き直った。美咲は獣に睨まれた小動物のように震えあがっていた。だがそれも数秒にすぎず、はっと我にかえったようにしゃがみこむと、落ちている写真を掻き集めだした。

写真は広範囲に散らばっている。匡太も足もとの一枚を拾った。サングラスをかけた美咲の写真だった。男と腕を組み、ホテルのエントランスに消えんとする、まさにその瞬間をとらえていた。不倫相手の男を見て匡太は面食らった。マジか。結構な有名人だ。

いきなり写真をひったくられた。匡太が顔をあげると、美咲の憤りに満ちた目が睨みつけていた。

匡太は思わず笑った。写真を見た匡太に対し、後先考えず強気になる女、その衝動的な豹変ぶりが愉快だった。ただし美咲は匡太に脅威を感じていないわけではないらしい。ぎこちない表情で後ずさると、身を翻し逃走していった。会場の庭園へと駆け戻っていく。

後ろ姿を見送りつつ匡太はたたずんだ。足もとでは三人が呻き声とともに横たわっている。いずれも重体だった。美咲が夫のSPに助けを求め、懇親の賑わいも中止だろう。じきに新宿御苑の全体が閉鎖され、都内じゅうのパトカーが駆けつける。早めに立ち去るにかぎる。

匡太はぶらりと歩きだした。ポケットからタバコをとりだし口にくわえ、ライターで火をつける。煙を吹かしながら千駄ヶ谷門方面へと歩を進めた。

感謝のキスをしろとまではいわないが、ありがとうのひとことぐらいはあってもよかったのではないか。女のああいう悪びれない態度は苦手だと匡太は思った。また会いたくなっちまう。

12

夜十時をまわった。美咲は大型セダンの後部座席におさまっていた。運転手が渋谷区松濤の自宅へと運んでくれている。

車内は静かだった。薄暗いアンビエントライトがシートをぼんやりと照らす。サイドウィンドウの外には、街路灯の明かりが等間隔に並び、クルマの走行にともない点滅して見える。ときおり対向車とすれちがうたび、ヘッドライトの光が射しこんでくるものの、すぐにまた暗がりが戻る。

夫の選挙演説につきあったのち、先に帰るよういわれた。政治家どうしの交流に妻の居場所はない。〝桜を見る会〟でもそうだった。あの騒動からもう数日を経ている。新宿御苑の木立でチンピラ三人の喧嘩が発生、いずれも重体で倒れているところを見つかった、報道ではそうなっていた。発見者は美咲だったが、それについては触れられなかった。

夫の矢幡嘉寿郎も、妻が血相を変えて駆け戻ってきたというのに、そのこと自体にはさして関心をしめさなかった。ほかの政治家たちと同様、ただぞろぞろと避難を始めただけだ。内閣官房庁舎に向かうクルマのなかで、ようやく夫は妻への気遣いをみせた。無事を喜ぶというより、会場の近くで無関係のチンピラが起こした事件が、政局にどう影響するか、そればかりを憂いているようすだった。

夫は美咲が恐喝されていた事実に気づいていない。妻の不倫にも想像がおよんでいなかった。なにかつかみどころのないものが、美咲の胸の奥でくすぶりつづけた。毎日のように大勢の人間と顔を合わせながら、なぜか孤独感を払拭できない。

鬱屈する気分の理由はほかにもある。夫の父は総理経験者だ。代々大物政治家を輩出してきた家系ゆえか、お世継ぎを求める声が親族からあがる。夫の友人の閣僚からもだ。そんな状況が美咲にしてみれば我慢ならなかった。夫は無邪気にも美咲に不妊治療を勧めてくる。医師が説明の席で言葉を濁し、原因があたかも妻にあるように告げた、そのせいだった。美咲は真実を知っていた。不妊は夫に由来している。ため息が漏れる。将来の総理の座が確実と目される夫ではある。だがまるで老夫婦のような暮らしぶりだった。家庭でもほとんど会話がない。外では妻の存在感について、夫が積極的に消したがっているように思える。

落ちこみながらまたサイドウィンドウに視線を向ける。おやと美咲は思った。見慣れない場所を走っている。閑静な住宅地の路地にはちがいないが、継ぎ接ぎだらけのトタン塀が囲む空き地や、低層ビルの解体現場がつづく。

美咲は運転手にきいた。「いまどこを走ってるんですか」

「すみません」運転手が応じた。「さっき井ノ頭通りから入ろうとしたら、工事中の看板がでてたので、迂回を余儀なくされまして」

「ずいぶん大まわりするんですね」

「一方通行が多くて……。でもこの先の突き当たりを折れれば、あとはいつもの道ですよ」

そういわれてもまだ不安は消えない。前後にほかの車両はなく、人の往来も途絶えている。路地沿いの家屋には足場が組んであったり、売家の看板が掲げられたりしていた。地価高騰を受け、都心では空き家が増えている。松濤からほんの少し外れると、こんな場所があるとはきいていた。しかし実際に通るのは初めてだった。

ふいに眼前にヘッドライトが飛びだしてきた。脇道ではなく、トタン板の塀を突き破り、いきなり現れるや、こちらの行く手をふさいだ。

セダンは急停車せざるをえなかった。突然のブレーキがタイヤを甲高くきしませる。美咲は前のめりになり、顔を前部座席の裏側にぶつけかけたが、かろうじてシートベルトに引き留められた。

「な」運転手がうろたえだした。「なんだ？　あの男たちは……」

前方で横向きに停車するのは大ぶりなバンだった。側面のドアが横滑りに開き、目出し帽をかぶった男が複数、バットやバールを手に繰りだしてきた。

背筋が凍る思いだった。美咲はあわてていった。「バ、バックしてください」

運転手のひきつった顔が振りかえる。セダンは後退し始めたものの、すぐにまた停止した。美咲は後方に目を向けた。追尾してきたらしい別のバンが退路をふさいでいる。そちらからも目出し帽の男たちが降車した。美咲の乗るセダンは身動きできなくなった。

目出し帽の群れが凶器を力いっぱい車体に打ちつけてくる。ゴルフクラブが振り下ろされるや、フロントウィンドウが割れ、蜘蛛の巣に似た亀裂だらけになった。サイドとリアのガラスも繰りかえし強打された。けたたましい音が車内に反響する。セダンは目出し帽の集団により、いまや完全に包囲されていた。

サイドウィンドウが次々に割られる。すくみあがる美咲にも無数のガラス片が降り注いだ。

先に運転席のドアが開けられた。運転手はひきずりだされるより早く、両手で頭を覆い、みずから車外へ飛びだしていった。「ひいいっ」

目出し帽らが殴る蹴るの暴行を加える。それでも運転手は突っ伏すことなく走りつづけ、一目散に逃げ去った。

美咲は思わず叫んだ。「まってよ！　置いてかないで」

運転手が逃げおおせたのは、目出し帽らの標的ではなく、暴行も全力ではなかったからだろう。誰ひとり運転手を追うことなく、また車内に向き直った。狼さながらの殺気に満ちた目が隙間なく取り囲む。美咲は小さくなって震えるしかなかった。

ロックが解除された。開け放たれたドアから、目出し帽のひとりが入りこんでくる。

美咲は両腕をつかまれた。無我夢中で抵抗したものの、たちまち車外へひっぱりだされた。アスファルトに叩(たた)きつけられるや、全身に痺(しび)れるような激痛が走る。なんとか上半身を起こしたが、足腰は震えて力が入らず、いっこうに立ちあがれない。美咲は尻餅(しりもち)をついたまま、セダンの車体側面に背をもたせかけた。

包囲する目出し帽の群れが見下ろしてくる。全員が凶器を両手に握り締めていた。誰も美咲に手を伸ばしてこない。誘拐が目的ではないと美咲は悟った。悪寒に総毛立つ。いまにもバールが振り下ろされようとしている……。

いきなりエンジン音が鳴り響いた。クルマとはちがうノイズの響きだった。目出し帽らがはっとしたようすで、いっせいに後方を振りかえる。

トタン塀と大型バンのわずかな隙間に、眩(まばゆ)い光源が出現した。突っ切ってきたのは一台のバイクだった。狭い場所をターンし、前輪を跳ねあげ、ウィリー走行で迫ってくる。目出し帽の群れがあわてたように散りぢりに逃げだす。美咲も思わず顔を伏せた。

バイクのタイヤが美咲の目の前に停まったのがわかる。美咲は驚きとともに視線をあげた。

恐ろしく大型のエンジンが、とてつもない排気量のスロットルを噴かしている。馬のようなサイズのバイクにまたがるのは、ライダースジャケットを羽織った長身、ヘルメットはかぶっていない。新宿御苑で会った匡太なる男の涼しい目が見下ろしている。

「ヒーロー登場」匡太がぶっきらぼうにいった。「いかすだろ。もっと早く現れることもできたんだが、じらしてやった」

闇のなかに浮かびあがるその顔が、なんとも精悍に見えてくる。美咲は心拍の速まりを自覚していた。寒々とした恐怖のなかで、ふしぎと焚火にあたるような温かさを感じる。

目出し帽のひとりが怒鳴った。「匡太だ！　ぶち殺せ！」

敵勢のなかから三、四人が匡太に挑みかかる。匡太は唐突に身体ごとバイクを大きく傾けた。ほぼ横倒しになったバイクが、フルスロットルの唸りとともに急速にターンする。路面に対し平行近くまで傾斜したタイヤが、向かってきた目出し帽らに足払いをかけ、いっせいに転倒させた。

ターンの勢いを遠心力に変え、匡太とバイクがふたたび起きあがる。敵勢が息を呑んだ。美咲も唖然としていた。まさしく荒馬乗りのようだ。バイクは意思を持ったかのごとく、匡太の手綱に呼応しつつ、自由自在に操られている。

倒れた数人が身体を起こすより早く、匡太はバイクの荷台に結わえつけたスポーツバッグから、チューブ状の物体を引き抜いた。それはストーブに使う灯油ポンプだった。バイクにまたがったまま、片手でセダンの給油口を開けると、灯油ポンプのチューブを突っこんだ。赤い駆動部をすばやく何度か握り潰す。サイフォンの原理により、もう一方のチューブの口から、勢いよくガソリンが噴出した。匡太はそれを敵勢に浴びせた。

ガソリンまみれになった敵勢が激しく動揺し、焦燥に駆られたようすで匡太に襲いかかる。匡太は悠然とジッポーのライターを灯し、敵勢と接触する寸前に投げつけた。

「ウェルダンかしこまりました」

爆発も同然に巨大な炎が集団を包みこむ。轟音のなかに絶叫がこだました。火だるまになった目出し帽らが、それぞれに両手を振りかざし、続々と倒れるや路面にのたうちまわる。壮絶な地獄絵図がひろがるなか、匡太の言葉どおり、実際に肉を焼くにおいが漂いだす。美咲はただ慄然としていた。

ようやくバイクを降りた匡太が、あたふたするばかりの燃える敵をひとりずつ蹴り飛ばし、路面に叩き伏せていく。背中に炎がひろがる目出し帽のひとりが、最後の力を振りしぼるがごとく、果敢にバールで匡太に挑みかかった。だがむろんのこと匡太の敵ではなかった。匡太の長く伸びる上段蹴りが、稲妻のごとく敵の顎に一撃を加えた。敵は後方宙返りし、路面に落下するや、焼却炉のゴミのように燃えだした。

大半は火だるまのまま逃亡を図っていく。残りは炎に包まれたまま力尽き、その場に横たわり動かなくなった。火の粉がちらつくなか、匡太が美咲を振りかえった。美咲は固唾を呑みつつ匡太を見かえした。

ぶらりとバイクに戻った匡太が、荷台のスポーツバッグを手にとると、美咲の前に投げ落とした。

スポーツバッグのジッパーは開いていた。おびただしい量のプリント写真があふれだす。スチルカメラ用のフィルムも転がりでた。

すべて美咲の不倫現場を押さえた証拠写真だった。美咲は衝撃とともに匡太を仰ぎ見た。

匡太がタバコをくわえた。舞い落ちてくる火の粉を吸い寄せ着火する。「そいつでぜんぶだ。燃やしてえなら、周りに火種がいくつもあるからよ。どこにでも放りこみな」

「……ぜんぶだっていう根拠は？　一枚のプリントも、一本のフィルムも残ってないっていいきれますか？」

「安心しな」匡太がニヤリとした。「指を一本ずつ失っていく男が嘘はつけねえ。三本目が切断されるころには正直にゲロする」

それだけいうと匡太はバイクにまたがった。エンジンを噴かし、ふたたび走り去ろうとしている。

美咲は跳ね起きるように立ちあがった。さっきまで立てなかったにもかかわらず、いまはとっさに身体が動いた。美咲は呼びかけた。「まって」

「あん？」くわえタバコの匡太が視線を向けてきた。

闇のなか炎に揺らぐ匡太の顔は、ずいぶん幻想的に見えた。夢の世界で出会ったかのようだ。すなおな思いが美咲の口を衝いてでた。「また会いたい」

匡太が小さく鼻を鳴らした。「よしなよ」

「だけど……。あなたのほうが関心を向けてきたんでしょ？」

凄みのある笑いを匡太は浮かべた。「ちげえねえ。もしどうしても会いてえってんなら……」

「なに？」

「あさっての午後三時、安房郡富浦町原岡一二一五。俺たちのナスがある」

「ナスって？」

「ホテルよりは安全な密会場所さ。じゃまたな」

　匡太はクラッチを切った状態でアクセルを回し、爆音を轟かせたのち、バイクを急発進させた。火の海のなかを蛇行しながら器用に駆け抜けていき、トタン塀とバンの隙間へと消えていった。

　バイクの騒々しいエンジン音が遠ざかる。代わりにサイレンの合奏が耳に届いた。数台、いや十数台がこちらに向かっているようだ。都心の閑静な住宅街に火の手があがって、なんの対処もなく放置されるはずもない。あの男はパトカーや消防車が駆けつける時間差までも考慮していたように思える。

　熱風が辺りを包みこむ。汗だくの美咲は半ば放心状態だった。炎のなかで焼けただれた男たちが、そこかしこに横たわっていても、いっこうに気にならない。心ばかりか感覚のすべてが匡太にわしづかみにされていた。匡太。あんな刺激的な男はほかにいない。忘れかけていた強烈なオスの体臭をまとう、まさしく時代錯誤そのものの存在。もう結ばれる以外にない。

13

ナスはふつう都会の安アパートでしかない。補助的な隠れ家としてはそれで充分だった。維持費がかからず、いつでも捨て去れる場所であることも条件に含まれる。けれども千葉の田舎となれば地価も格安のため、別荘を買ってもさして痛手にならない。南房総から東京湾に突きだした靏田岬、その先端の崖にぽつんと建つログハウスも、匡太らのナスのひとつだった。

このログハウスは玄関のドアを開けると、すぐに吹き抜けのLDKになっている。靴のまま立ち入れるフローリングだった。アイランドキッチンで匡太はフライパンを振っていた。炒めているのは薄力粉をまぶした牛肉、刻んだ玉葱や人参、セロリになる。

二十代になった顆磯多木が、リビングのソファに腰掛けていた。顆磯が眉をひそめた。「こんな時間から飯づくりを……?」

匡太は腕時計に目を走らせた。午後三時近い。「牛肉を黒ビールで煮込むのに時間がかかるんだよ。いまからやって夕食にちょうどいい」

「官房副長官夫人を本当に連れてくるつもりっスか?」

「連れてくるもなにも、あの女からここに来る」

「……ここに来る?」顆磯の顔に不満のいろがひろがった。「まさかナスの所在地を教えちまったとか?」

「そのまさかだ。住所をしっかり伝えてやった」

顆磯が跳ね起きた。「冗談じゃねえっスよ。匡太さんが率先して規則を破るなんて」

匡太は笑った。「例外ってもんがあるだろが。将来の総理候補の妻だぜ? 落としときゃいろいろ使い道がある」

「ほんとっスか? 矢幡美咲って、よくテレビで見ますけど、美人っスよね?」

「なにがいいてえんだ」

「先を考えてのことじゃなくて、むしろなんの考えもなしに、ただヤりてえとか……」

「わはは!」匡太はフライパンを勢いよく振った。「そりゃよ、男の行動原理は下半身だからよ! 本能にゃ逆らえねえだろが」

「まってくださいよ。俺は匡太さんがヤってる最中の護衛に呼ばれたんスか?」

「おめえひょっとして3Pに交わりてえのか」

「なわけねえでしょう。匡太さん。ちっとは節操を持ってくださいよ。首都連合がいよいよ頭まででばってこようとしてやがるんっスよ。こっちの大将が女遊びに明け暮れてたんじゃ……」

「タキ。冷蔵庫からバターをとってくれ」

顆磯がじれったそうにキッチンに歩み寄ってきた。いわれたとおりバターをとりだし、そっと調理台に載せる。わきに立った顆磯が浮かない表情でいった。「オウムが消えたら、今度は恒星天球教（こうせいてんきゅうきょう）ってカルトが台頭してきましたね」

「あー」匡太は手を休めなかった。「在日米軍のミサイルを乗っ取るとか、物騒な犯行声明を送りつけてる連中な」

「こないだの山火事も実際に着弾したって噂っスよ。やばい奴らっスよね。しかも教祖から信者まで、どこに潜んでやがるのか、なにもかも謎ときてやがる」

「オウムはサティアンや道場の所在を公表してたせいで機動隊に突入された。そこに学んだんだろうぜ」

「一時的にしろ在日米軍基地を武力制圧したなんて、ほんとっスかね。物騒すぎる世のなかじゃ、俺たちの肩身も狭くなっちまう」

逆だと匡太は思った。この国も徐々に世界水準に近づいてきている。ビンラディンの結成したアルカイダは、タンザニアとケニアのアメリカ大使館を同時爆破した。F

BIから最重要指名手配犯に指定されても、ビンラディン側に怖じ気づく気配はない。恒星天球教を率いる人物が何者か知らないが、なかなかのやり手にちがいない。国家が荒廃に向かうのは大歓迎だった。好き放題に暴れられる。

いろの変わった牛肉を皿に移す。フライパンに残った野菜類は鍋にいれる。バターにマッシュルーム、ニンニクを追加した。匡太はつぶやいた。「あちこちで新興勢力が暴れまわって、治安が悪化してくれりゃ、俺たちにとっちゃ天国だぜ」

「恒星天球教が楯突いてきたらどうします？　麻薬の縄張りだけでも、暴力団としょっちゅうぶつかってんのに」

「立ち塞がれたら皆殺しにしてやりゃいい。謎の恒星天球教と抗争なんて、考えただけでもワクワクするだろが」

牛肉をいれてから鍋に蓋をする。弱火で煮込む。しばらくはまつだけになる。匡太はキッチンを離れた。タバコをくわえながらソファに身を投げだす。

顆磯がライターで火をつけにきたが、いまだ釈然としないようすだった。「抗争相手を増やすのはあまり……。こっちも兵隊を海に沈められたり、山に埋められたりしてるんで」

「そっか、駒が減ってきてるもんな。なら敵の元締めをぶっ殺すか屈服させるかして、人員ごと奪っちまう手だな」

「首都連合やクロッセスを？」匡太はソファにふんぞりかえり、タバコの煙を吹きあげた。「俺たちならやれるだろが。なあタキ？」

顆磯が頭を掻きながら唸ったとき、エンジン音が近づいてきた。ログハウスにつづく小道を徐行してくるとわかる。

窓辺に近づいた顆磯が外をのぞく。「誰か来ましたよ。赤いソアラっす」

「誰かって、んなもんわかりきってるだろが」

そうはいったものの、本当に美咲が到着したかどうか気になる。顆磯がふてくされたような顔で窓辺を離れ、玄関ドアへと向かいだした。仏頂面は美咲を見たからとも思えるが、本当はどうなのだろう。だがそわそわと腰を浮かすのも格好悪い。

ドアの前に立った顆磯が、右手を後ろにまわし、ジャケットの下に滑りこませる。藪壺組から奪った拳銃のうち一丁は顆磯に託してあった。相手が誰であれ警戒を怠らないのは匡太一味の習わしだ。顆磯の左手がドアをそろそろと開ける。

戸口に立っていたのは美咲だった。よそ行きっぽい高級そうなセミフォーマルのドレス姿で、緊張の面持ちとともにたたずんでいる。顆磯に対し神妙に頭をさげた。

匡太は立ちあがった。顆磯がやれやれという顔で振りかえる。美咲も匡太を見つめてきた。もういちど深々とおじぎをする。

顆磯がため息まじりにいった。「レンジローバーにいます」

外へでていく顆磯と入れ替わりに、美咲が遠慮がちに足を踏みいれてくる。顆磯が外からドアを叩きつけるように閉めた。

ふたりは立ったまま無言で向かい合った。黙ったままでは始まらない。匡太は声をかけた。「楽にしてくれ。夕飯はアイルランド料理だけどいいか？」

「そんなに長居はしません」美咲はハンドバッグに手をいれ、かさばる封筒をとりだした。「これ……」

震える手で封筒を差しだす。匡太がわざと歩み寄らずにいると、美咲のほうから近づいてきた。怯えがちに腰が引けている。

受けとらなくても分量と質感で、封筒の中身が札束だとわかる。三百万円ぐらいか。

匡太は手をださなかった。「なんだよそれ」

「お礼です」美咲は目を合わせたがらなかった。「もう二度と会わない前提で」

「手切れ金か？　まだつきあってもいねえのに」

「いいから受けとってください」

「俺が受けとったら、あんたはどうする？」

「帰ります」

「鍋を煮る音がきこえてるだろ。いいにおいもするよな。夕飯に招待してるってのに失礼じゃねえのか」

「あなたと食事する気なんて……」

匡太はすばやく美咲の手首をつかんだ。軽くひねるだけで封筒が手を離れ床に落ちた。封筒から百万の札束三つが飛びだした。

軽く足で蹴って札束をどかす。匡太は美咲を見つめた。「金じゃなくてよ。ほかのもんで礼をもらいてえんだけどな」

息がかかるほど近くに美咲の顔がある。恐怖に満ちた目を見開き、美咲がたずねてきた。「なにがほしいんですか」

「あんたにきまってるよ」匡太は力ずくで美咲を抱き寄せ、無理やり唇を重ねた。美咲は暴れたが匡太は離さなかった。

息がつづくかぎり唇を密着させる。そのうち美咲が苦しげに身じろぎしだした。美咲が窒息する前に、匡太はようやくわずかに距離を置いた。睨みつけてくる美咲の顔に、怒りのいろがありありと浮かんでいた。匡太を突き飛ばそうとしてくる。だが匡太は美咲の両腕をつかみ、力ずくでソファに押し倒した。

悲鳴をあげる美咲の口を、匡太はすかさず手でふさいだ。身体ごとのしかかりながら、ドレスを半ば破るように脱がし始める。美咲は暴れて抵抗していたが、本当に嫌がっていればこんなものではない、匡太はそう思った。この女はこうなることを望んでいた。強姦されるように愛されたい内なる願望を、どんな女だろうと秘めている、それが匡太の持論だった。とりわけ美咲の場合はそうだ。路上襲撃に遭ってニュースになっても、夫は公になんのコメントも発表しなかった。家庭でうわべばかりの気遣いをしめされようが、妻の心が満たされるはずがない。この女は別の支配を求めている。

太股をまさぐる匡太の手が、美咲の濡れる局所に達したとき、ついに確信するに至った。美咲のほうが両腕を絡めてきて匡太に抱きついた。

鍋が煮えるまでまだ時間がある。賞味するかと匡太は思った。どうせ美咲も煮込み料理より先に、匡太のモノを味わいたがっている。

14

抗争とは基本的に、ヤンキーの縄張り争いと変わらない。午前二時過ぎ、多摩川の河川敷に集合していた首都連合のバイクの群れを、匡太一味の集団が土手を駆け下りていき奇襲した。

たぶん戦国時代の合戦からそう変わらない。最前線どうしがぶつかりあう瞬間、鉄パイプや木刀、素手での乱闘が始まった。月光に血と汗の飛沫が反射し、絶叫と罵声、怒声が交錯した。耳をつんざくほどの騒々しさに、川沿いのマンションの窓明かりが次々に灯っていく。いつものことだった。住人が通報するだろうがかまわない。付近の交番は襲撃済みで、深夜当直の制服警官はひとり残らず打ちのめしてある。奪った拳銃は貴重な武器ゆえ下っ端には持たせない。この規模の抗争は肉弾戦と相場がきまっている。

三十五歳の匡太はひとり土手の上端に腰掛けた。持ってきたウィスキーの瓶を呷りつつ、眼下にひろがる殺し合いを見物する。匡太一味の優勢はあきらかだった。大金を払って外国から格闘技の師範を招き、徹底的に身体を鍛えさせてある。射撃訓練よりシステマやクラヴマガ、ムエタイの修行を優先させた。銃しか知らなければ弾切れは死を意味する。肉体を武器にできれば敗北はない。

河川敷が砂埃の濃煙で覆われていった。双方とも容赦なく打ち合っている。ときおり人影が川へ転落するたび水柱があがる。金属バットと鉄パイプは文字どおり火花を散らしていた。

戦局を見守りながらも、匡太はぼんやりと美咲のことを考えていた。

男なら知っておくべき事実がある。マスコミは男の外見や金ばかりが、女を釣る尺度になると喧伝したがる。世間もそれに倣う。だがその理由は下ネタを避けているからだ。男の強みはセックスの上手さにほかならない。忘れられない快楽が女をつなぎとめる。美女とつきあうブサイクな男は、じつは漏れなくベッドでのテクニックと強靭な体力を備えている。女がすなおに認めたがらないがゆえ、やさしいとか気配りが利くとか、戯言に等しい理由が流布される。実態はちがう。性交はオスメスの格闘技だ。小学校低学年から体育で実践教育すべきだ。

美咲との密会は何度となく、いつ果てるともなくつづいた。不倫という自覚が美咲の頭から完全に失せているのは明白だった。多忙で移り気な匡太がしばらく会わずにいると、美咲は頼まれもしないのに夫から得た情報を、メールで送ってくるようになった。矢幡官房副長官が出席した会議の席で、警察庁長官がどんな発言をしたか、匡太はほぼリアルタイムで知ることになった。よって新興犯罪組織への捜査状況が手にとるようにわかった。美咲の甘えたような声が耳もとでささやいた。あなたが心配なの。匡太さんのためを思ってのことよ。

不倫相手に献身的になりすぎて、夫を裏切る人妻。危ねえ女、匡太は心のなかでそんなつぶやきを漏らした。美咲は匡太が想像した以上の悪女ぶりを発揮している。匡太が組織犯罪の要と知ってからも、まるで臆したようすがなく、むしろビジネスパートナーになろうと自分を売りこんでくる。一心同体、一蓮托生の関係を求めているのだろう。気を許せなくなった。こうまで欲望に我を忘れる女は、なんらかのきっかけで豹変し、匡太に牙を剝いてくる恐れがある。いつ寝首を掻き切られてもおかしくない。顆磯ら側近も、あの女は危険だからやめておくべきっスよ、みな口を揃えてそう忠告してくる。

釈迦に説法だぜと匡太は吐き捨てた。危険は百も承知だ。だが匡太にしてみれば、そこが美咲の魅力でもある。これほど得体の知れない女と何年ぶりに会っただろう。先行きもまったく読めない。関係を深めれば泥沼に嵌まるのか、あるいは薔薇いろの道を歩むことになるのか、どちらともとれなかった。予想もつかない恋の行方、まるで青春のころのようだ。そんな美咲にこそ惚れる、惹かれる。美咲にくらべればそこいらの女など単純で退屈すぎ、とてもかまってはいられない。

ただしここ半年以上、美咲とは寝ていなかった。のみならず美咲も夫のもとに帰っていない。それには明確な理由がある。匡太の人生を変えるかもしれない一大事だった。

わめき声が土手を駆け上ってきた。首都連合の一員が鉄パイプを振りかざし、匡太に猛然と迫ってくる。顆磯ら数人が追いあげるものの、いっこうに捕まえきれずにいる。

匡太は腰を浮かせなかった。迫り来る男にウィスキーの瓶を投げつける。瓶が割れ、アルコール度数の高い酒がぶちまけられた。男はずぶ濡れになりながらも、鉄パイプを匡太の頭上に振り下ろそうとしてくる。

だが匡太の右手はもうヘアドライヤーをつかんでいた。大将には特別な飛び道具を用いる自由がある。人差し指でトリガーボタンを押すと、吹出口から発射された砲弾が、至近距離で男の腹に命中した。

目も眩む閃光とともに爆発が生じる。すさまじい熱風が吹き荒れ、男の全身は烈火に包まれた。皮膚や筋肉が消し飛ぶに留まらず、アルコールから揮発した蒸気が激しく燃え盛った。

炎のなかに骸骨が浮かびあがっている。かろうじて骨の関節がつながったまま、火だるまの死骸が土手を転がり落ちていく。

匡太の首を獲ろうとした兵隊の無残な死にざまに、首都連合の士気がみるみるうちに低下していった。やれやれと匡太は立ちあがった。顆磯たちのわきを抜け、土手をゆっくりと下りながら、新たな砲弾を吹出口に詰める。吹出口はまだ熱かった。連射機能がないのが厄介だが、こういう混乱のなかでは威力がものをいう。

土手を下りきると匡太は近くの敵勢に砲弾を食らわせた。爆風が首都連合の兵隊どもを粉砕するなか、さらにもう一発の砲弾を装塡し、別方向へも発射する。敵勢のなかでもめだった活躍を誇っていた巨漢を、その砲撃で爆殺した。周囲の敵勢が揃って尻餅をついている。いっそうの士気低下につながるのはあきらかだった。

それでもまだ果敢に刃向かってくる連中があとを絶たない。匡太は高い蹴りで次々と兵隊の顔面を仕留めたうえ、奪った鉄パイプとバールを双棍術に活用し、間合いに入ってくる敵を暴れ太鼓のごとく滅多打ちにした。跳躍したうえで敵の頭上にバールを振り下ろす。尖端部分の釘抜きが頭頂に深々と突き刺さった。引き抜くや脳髄が撒き散らされる。バールのもう一方の端で、新たな敵の木刀を打ち払い、間髪をいれず心臓を貫く。

　秒単位で命を奪っていく匡太に、首都連合もさすがに恐れをなしたのか、周囲から敵の姿がなくなった。歯ごたえのなさを感じたとき、元出琵妻の二十代、永嶌辰弥が駆け寄ってきた。

　顔じゅう痣だらけの永嶌が、息を切らしながらいった。「匡太さん、離島のナスへ行ってください。緊急だとか」

　匡太は動きをとめた。離島のナス。該当する場所はひとつしかない。匡太は永嶌にきいた。「緊急だと?」

「ええ。医者から連絡がありまして」

　会話中に敵のひとりが挑みかかってきた。匡太は男を投げ飛ばし、ねじ伏せたうえで首を絞め殺した。死体を放りだすと、間近に倒れていたバイクを起こし、そこにまたがった。喧噪に掻き消されまいと匡太は声を張った。「タキ!　そろそろパトカーが来る。敵が逃げだす前に頭を仕留めろ。どこまでも追っかけていってぶっ殺せ」

「わかりやした!」顆磯が仲間を引き連れ、威勢よく敵陣に突進していく。

　首都連合は数を減らし、すでに壊滅状態に近かった。匡太一味は八割がた残存している。圧倒的な勢力が雪崩を打ち敵勢へと襲いかかる。

匡太はバイクを噴かし、土手の斜面を一気に駆け上った。遠くでパトカーのサイレンが湧いている。到着より早くケリがつくだろう。最後まで見届けたかったが、匡太には行くべき場所がある。

Nシステムを避けながら公道を突っ走っていく。向かう先は川崎港の端、クルーザーの係留施設だった。無人の突堤に連なるクルーザーのなかに、匡太の所有する船体がある。小ぶりなシーレイ245ウィークエンダーだった。ロープを外し、みずから舵をとり、匡太は真っ暗な海上へと出港した。

尻江島は三浦半島沖に浮かぶ、〇・四一平方キロメートルの小さな島だ。周囲は切り立った海蝕崖に囲まれている。島民は三百人余り。逗子市尻江島一丁目と二丁目の集落を有し、全域に住居表示がある。役場から学校、郵便局、診療所も備えていた。

無人状態のちっぽけな港で、クルーザーを埠頭に横付けする。木立のなかに民家の明かりがまばらに見えた。崖沿いの開業医が産婦人科を兼ねている。匡太はそこへ急いだ。

夜間だったが明かりが点いている。ここの医師はすでに買収済みで、特別のはからいを頼んであった。本来なら入院できる病室などないが、ひそかに専用の個室を二階に作らせた。出産への対応も、島民に対してはドクターヘリを呼んだりするが、匡太絡みのことなら内々に済ませてくれる。

　エントランスをノックすると、馴染みの看護師が顔をのぞかせ、匡太を迎えいれた。張り詰めた空気が漂っている。分娩台に横たわる美咲が、額に汗を滲ませ、歯を食いしばりつつ痛みに耐えていた。臨月の腹はすでに見ていたが、いっそう大きくなったようだ。

　助産師の高齢女性が匡太を押しとどめた。「そっちでまっててください！」

　いつも強気な匡太も立ちすくむしかなかった。美咲の苦しげな呻き声がこだまする。医師が美咲に呼びかけていた。「その調子です。頑張ってください」

　匡太はなんともいえない気分になった。こんな無力感は初めてだ。不安ばかりがこみあげてくる。美咲はいまにも音をあげそうになっていながら、それでも底知れぬ力強さを発揮しつづける。いつしか匡太はてのひらに汗をかいていた。

　助産師が美咲に声を張った。「いきんでください、ゆっくりと！」

　美咲がまさに最後の力を振り絞っているのがわかる。深い息を吐ききった直後、室内に産声が響いた。新たな生命の声だった。医師や助産師、看護師の顔に安堵のいろが浮かんだ。

　目の前で起きているすべてが幻想に思える。助産師が小さな赤ん坊を、美咲の胸にそっと抱かせる。皺だらけの真っ赤な顔で泣き叫ぶ、生まれたての赤ん坊。匡太の子だった。

医師が厳かにいった。「おめでとうございます。元気な男の子です」

赤ん坊を抱く美咲は、ほっとしたようすで涙を浮かべた。なんだか神々しい、匡太はそう感じた。あらゆる苦難を乗り越えた聖人のようなオーラを放って見える。

本来なら逗子市中心部の病院に移るところだが、むろん美咲がここにいることは秘密にされている。矢幡嘉寿郎官房副長官は、妻が海外長期留学中だと信じているだろう。じつは妊娠が発覚して以来、美咲はずっと尻江島に隠れ住んでいた。入院できないはずのこの診療所に、今後もしばらく美咲は世話になる。

二階の個室に用意されたベッドで、美咲は生まれたばかりのわが子とともに、うとうとと眠りについていた。窓の外が明るくなるまで、匡太は部屋の隅の椅子に座り、無言で美咲と赤ん坊を眺めつづけた。

携帯電話が小さく鳴った。液晶画面に顆磯多木の名が表示されている。匡太は応答した。「タキ、なんだ」

「やりました」顆磯の掠れぎみの声が告げてきた。「首都連合の頭と幹部六人、多摩川の河口付近まで追い詰めて、ぶっ殺しました」

「たしかなのか」

「喉（のど）もとを掻（か）き切って、死んだのを確認してから海に投げこんでやったっス」

「よくやった。ものわかりのよさそうな若手をひとりひっぱってこい。首都連合のなかで同世代の信頼が厚かった奴をな」

「なら織家紘壱（おりいえこういち）ってのがいます」

「そいつでいい。仲間ごとこっちに引きいれる。刃向かう奴や裏切りそうな手合いは殺せ」

「わかりやした」

　不良どもは心の拠（よ）りどころを求めている。親の愛情不足か、親自体がいなかったか、ただそれだけの理由で、孤独ゆえに暴走しだす。それが発端だ。誰ひとり例外なくそうだ。奴らは社会に反発しがちだが、不良集団の同調圧力に流されやすくもある。矛盾した二面性を自覚し、常に不安を抱えている。

　よって奴らにとって不安を解消しうる存在になれば、依存心を集められる。依存はやがて崇拝に変わる。まずは食いっぱぐれがない事実を知らしめる。絶大な力を有することもだ。不況とともに治安が悪化し、いずれ国家が立ちゆかなくなり、個人の武力行使がものをいう時代の到来を信じさせる。将来にわたり逮捕される心配がないと思えばこそ、傍若無人ぶりに拍車がかかる。暴力を振るいつづけるためにも、匡太のもとを離れられなくなる。群れの規模が大きくなればなるほど、奴らは負け知らずの安心感を得られる。

犯罪集団はそのようにして頭数を増やせる。依存心が途方もなく深まっていれば、トップへの忠誠心など自発的に生じる。抗争で打ち負かした勢力に、仲間に加わるか否かの選択肢をあたえれば、まず大半は拒まない。奴らは常に求めている。親代わりを。国家権力をものともしない強大な組織への所属を。好き勝手に生き、女とヤりたいだけヤって、気に食わない奴らをぶっ殺して、奪えるだけ奪う生活を。

電話越しに顆磯の声がきいてきた。「あのぅ、匡太さん。そっちのほうは……?」

「よけいなこと考えんな」匡太は通話を切った。

ベッドでフトンがもぞもぞと動いた。匡太の声で美咲が目を覚ましてしまったらしい。喉に絡む小声で美咲が呼んだ。「匡太さん」

匡太は腰を浮かせた。両手をポケットに突っこみ、ベッドに歩み寄る。自然に傍らのベビーベッドに視線がいく。匡太は静止した。赤ん坊も起きていた。目はほとんど開いていないが、手足がわずかに動いている。

美咲が微笑した。「架禱斗（かいと）もお父さんが好きだって」

ふしぎなもんだ、匡太は心のなかでそうつぶやいた。腫れぼったい瞼は匡太にそっくりだ。黒目がちなところも似ている。意識的に目を瞠らないと睨みをきかせられないが、慣れれば鋭い眼光を放てるようになる。丸みを帯びた唇や顎のラインは美咲似だった。

　こんなふうにできているのか。信じがたいが納得せざるをえない。生まれてくる命は、死んでいく命と同じぐらい神秘的に思える。こうしてこの世の現実を感じていられるのも、己の生あればこそだ。なにもかも霧がかかったような、幻想めいた日々のなかで、この光景だけはずいぶん鮮明だった。

「架禱斗か」匡太はささやいた。「名前はいつごろからきめてた?」

「ずっと前から」美咲が静かに応じた。「夫とのあいだに男の子ができたら、架禱斗にしようって」

「旦那には……」

「話してない。わたしひとりできめたの。どうせ子供を授かることはないだろうからって、半ばあきらめた気持ちで」美咲の潤みがちな目が匡太をとらえた。「ねえ、匡太さん。きいていい?」

「なにを?」

「匡太さんってさ。なに匡太さん？」

しばし沈黙が生じた。匡太は微笑してみせた。「あ？」

美咲も笑った。「苗字。架禱斗のフルネームはどうなるのかなって」

「あー。苗字か。あってねえようなもんだしな。正直、下の名前にしてもよ」

「……どうすればいいのかな」美咲は力なくつぶやき、表情を曇らせた。「これから」

知れたことだと匡太は思った。美咲は回復しだい、夫のもとに帰らねばならない。海外留学を裏付けるための証拠捏造は、彼女から外務省の知人に依頼してあるという。鈍感な夫は疑いもなく妻の帰還を受けいれるだろう。だがむろんのこと妻は赤ん坊を連れ帰るわけにいかない。

匡太はいった。「心配すんな。俺のほうで育てる」

美咲が深く長いため息をついた。「いつ死ぬかもわからない父親のもとで暮らすなんて……」

「やばくなったら、おめえの外務省のツテで中東に逃がしてやってくれ。あっちに知り合いがいるからよ」

「どんな知り合い？」

ウサマ・ビンラディンとその仲間。具体的にはアルカイダやタリバンのメンバーになる。産後の美咲にはさすがに口にできなかった。アメリカ同時多発テロが勃発したばかりだ。ビンラディンもすっかり有名人になっていた。美咲は猛反対するだろう。だが匡太とつきあう以上、国内外の人脈もおのずからきまってくる。美咲には理解しておいてほしかった。いずれ詳細を伝えることになる。

　静寂のなか、母親になりたての女にとって、なにやら受けいれがたい事実があると悟ったらしい。美咲はそれ以上なにもきいてこなかった。ただぼんやりしたまなざしを近くのワゴンに向けた。「匡太さん、それ」

　ワゴンの上には使い捨てカメラが載っていた。この病室に移った直後、助産師が記録がてら赤ん坊を撮影していった。匡太はカメラを手にとった。「これか?」

「お願いがあるの」美咲がしんどそうに上半身を起こした。「架禱斗と三人で、家族写真を撮りましょ」

「なに?　マジかよ」匡太は思わずあきれた声を響かせた。「家族じゃねえし。だいいちそんな写真、残すべきじゃねえだろが」

　美咲の表情は妙に穏やかだった。「絶対に外にださないから」

　当惑の感情などいつ以来だろうか。そんな自分がおかしくなり、にわかに噴きだしそうになる。匡太はベッドの端に腰掛けた。「タキが知ったらぶち切れるかもな」

そっとベビーベッドに手を伸ばし、架禱斗を毛布ごと抱きあげる。てのひらに感じる体温に、わが子の存在を意識させられる。喩えようのない気分が胸のうちにひろがる。こんな時間があってもいい、しだいにそんな気分に浸ってきた。

架禱斗を美咲の胸に抱かせた。三人が寄り添ったうえで、カメラを持つ手を遠ざけ、レンズをこちらに向ける。

匡太にとっても美咲にとっても、いずれ致命傷になりかねない一枚だろう。だからこそ貴重だと思えてくる。家族写真か。たぶん一生涯のうち、最初で最後の撮影だ。匡太はシャッターを切った。これが人並みの幸せというやつか。いまこの瞬間だけは共感できた気がする。

15

アメリカ同時多発テロへの報復なる名目で、イラク戦争が始まった。事情を知る匡太にしてみれば、滑稽な話にしか思えなかった。イラクのフセイン政権はアルカイダとなんのつながりもない。理不尽なアメリカ世論の憂さ晴らしに利用されただけだ。自衛隊からも部隊が現地に派遣されている。武装せず後方支援に徹するというが、じつは大嘘なのを匡太は見抜いていた。武器なしの人員なら米軍もこと足りている。ひそかに武器を携えての派兵を求められたのはあきらかだった。安保条約がある以上、日本には拒絶できる権限などない。

三十七歳になって如実に感じるのは、不動産屋との取引が格段に楽になった、まずはその一点に尽きる。いかにも若造の見た目のころはなめられがちで、いちいち脅しをかける必要があった。いまは凶器と札束をちらつかせずとも、最初からまともな物件を紹介される。

六本木の雑居ビルの一階を買いとり、水商売の店をオープンする運びになった。フロア面積がかなり広く、相応に規模も大きめのクラブになる。匡太一味が首都連合や共和など、いくつもの新興犯罪集団を吸収合併したため、大所帯になったからだ。ガラの悪そうな輩(やから)どもを集めておく拠点としては、千葉なら土建屋が最適だが、都心の場合は水商売だった。

店名をオズヴァルドと名付けた。ミッキーマウスの原型になったウサギのキャラクター名に由来するという建前だったが、実際にはジョン・F・ケネディの暗殺犯からとった。バックヤードの厨房(ちゅうぼう)と倉庫に、麻薬の隠し場所と武器庫を設置したほか、秘密裏に地下室も掘った。建設業界で経験を積ませた出稼ぎの連中が工事を手がけた。

店の内装に防弾板を張り巡らせるのも、匡太一味の人材だからこそ難なくこなせた。部外者に依頼したのならその都度、口封じが必要になるところだ。

午後四時、開店準備中の店内。黒服になった出琵妻や首都連合のメンバーが、忙しく立ち働いている。女たちも出勤済みだった。匡太は店長としてジャン・ポール・ゴルチェの派手な黒スーツに身を包んでいた。二十代後半の織家紘壱から呼びとめられ、一緒にホステスの待機室へ向かった。

待機室のソファには着飾った若い女たちが揃っている。匡太を見ると微笑とともに立ちあがる。誰もが恋人のような色目を使ってくるのは、実際に全員が匡太とベッドをともにしたからだ。しかしいまふたりだけ腰を浮かせようとしない。アユナとイチカは、ふたりのあいだに座る小さな身体を、ガーゼや絆創膏で手当てしていた。

三歳の架禱斗は顔が痣だらけで、鼻血の垂れた痕もあった。匡太が見下ろすと架禱斗は怯えたようすでうつむいた。面立ちの全体が少しずつ匡太や美咲に似てきている。それだけに敗北感には許せないものがあった。

匡太はきいた。「誰にやられた」

沈黙がかえってきた。架禱斗は顔をあげなかった。身体が震えているのがわかる。アユナやイチカは事情を知ってか知らずか、憂いのいろとともに無言を貫く。

返事がないのが癪に障った。匡太は架禱斗の胸倉をつかみあげると、こぶしで頬に一撃を見舞った。むろん全力ではなかったが、それでも架禱斗は人形のように吹き飛び、床に叩きつけられたうえ転がった。

周囲がいっせいに息を呑んだ。架禱斗が泣き声をあげないのは、ただ動物的に学習したからにすぎない。泣けばいっそうの折檻に至る。だがいまはそうでなくとも、匡太の暴力に歯止めはかからなかった。おめおめと逃げ帰ってくるのを許可したおぼえはない。

匡太はさかんにローキックを食らわせつづけた。「なにもできずに尻尾巻いて帰ってきやがったか。誰がそんなみっともねえ真似をしろといった」

アユナが涙ながらにうったえてきた。「やめてください、匡太さん！　架禱斗君はただ保育園に預けられてただけで……」

「てめえは黙ってろ！」匡太は架禱斗への蹴りを継続した。架禱斗は床で横たわったまま身体を丸め、両手で頭を覆っている。いっぱしに防御の姿勢だけはとるあたりがこざかしい。匡太は罵声を浴びせた。「架禱斗、この面汚しが！　相手がどこのクソガキだろうが年上だろうが、眼球に食らいついて嚙みちぎる覚悟で臨め。腰抜けになった時点で俺の子じゃねえ！」

感情がいかに昂ぶっていようと、背後から近づく気配に無頓着になるほど、匡太は鈍感ではなかった。すばやく右手を背後にまわす。匡太の後頭部に振り下ろされようとしていた鉄パイプを、てのひらがしっかりと受けとめ、強く握りしめる。

またしても周りの黒服やホステスらが慄然とする。匡太は憤怒とともに振りかえった。

とたんに面食らった。背後に立っていたのは美咲だった。まるでクラブのママのようなフォーマルドレスは、彼女がここに現れるときの恒例の服装だが、いまは右手で鉄パイプを振り下ろした直後だった。

鬼の形相の美咲が、左手に握った小さな機器を、匡太の鼻先に突きつけた。美咲の親指がマイクロカセットレコーダーの再生ボタンを押す。

中年女性とおぼしき声が怒鳴った。「早く着なさいよ。早く！　前と後ろ逆でしょ。馬鹿なの？」

別の中年女性の声が嘲るように笑った。「そりゃ架禱斗は馬鹿だよねぇ。馬鹿架禱斗、バ架禱斗」

「なにモタモタしてんの！」平手打ちの音がきこえた。「十数えるうちに着替え終えなきゃ、壁に叩きつけるよ！」

さらに何発もてのひらで殴打する音が響く。幼児の泣き声が複数きこえるが、架禱斗の声ではないようだ。おそらく架禱斗は押し黙っている。口を固く結んで涙を堪えていたのだろう。周りの幼児のほうが恐れおののいているようだ。

美咲が硬い顔で停止ボタンを押した。テープの再生にともなう耳障りなノイズがやんだ。ホステスの待機室は静寂に包まれた。

そういうことだったか。よそのガキにやられたのではない、保育士による虐待だ。匡太は架禱斗を見下ろした。「弱音を吐かなかったのは褒めてやる」

「それだけ？」美咲が匡太に軽蔑のまなざしを向けてきた。「わが子に殴る蹴るの暴行を働いといて、謝りもしないつもり？」

「俺流の躾だ。口を挟むな」

「あれは？」美咲が部屋の隅に顎をしゃくった。「あれも躾だっていうの？」

大型犬用の檻がある。架禱斗は夜のうち檻のなかで就寝させる。匡太は頭を掻いた。「いまのうちだけだ。おとなしく眠りにつかせるには適しててよ。ガキなんて動物と同じだしよ」

美咲が憤りをあらわにし、ふたたび鉄パイプを振りあげようとした。だが匡太は鉄パイプの一端をつかんだままだった。美咲は力ずくで引き抜こうと抗ったものの、どうにもならないと悟ったらしく、苦々しげに手を離した。

顆磯が歩み寄った。「美咲さん、話なら俺のほうから……」

匡太はじれったさとともにきいた。「なんだ、タキ。いいたいことがあるなら早くいえ」

「あのう」顆磯が神妙に説明した。「この近くにある保育園っスけどね、ヤクザ崩れが園長やってるようで」

「クレヨンしんちゃんの園長みてえにか」

「見た目が怖くて根がやさしいとかじゃねえんっす。外見も中身もそっちらしくて。杉並区で老人ホーム、横浜でラブホも経営してます。どれも金だけがめあてっスよ。福祉に興味なんかねえ手合いっす」

「そんな保育園を選んだのは誰だ」

イチカが血の気の引いた顔で弁明した。「ここから歩いても行ける距離だし、保育士もわたしたちの前では笑顔だったし……。心配ないと思ったんです」

匡太は唸りながら歩きだした。「わかった。まってろ」

廊下にでると美咲が追いかけてきた。「どこへ行くの」

「きまってんだろが。保育園に挨拶だよ」

「乱暴はよしてよ。警察の目を引くじゃないの」

「んなもんかまってられるか。お礼参りまでがワンセットなんだよ」

「まってってば」美咲が行く手に立ちふさがった。「きのう夫が警察庁長官から報告を受けたって。銀座の廃ビルの裏から死体が三つ掘り起こされて、DNA鑑定が進んでるとか」

「廃ビルだ？」

「いつか話してくれたでしょ。イムスっていう店があったビル。なにか関わりがあるんじゃなくて？　いまはめだつ行動は控えたほうが」

　イムス裏の従業員専用駐車場か。笹霧匡太と両親が埋まっている。土地はとっくに売り払っていた。あの駐車場用地は建設が許されないはずだったが、のちに規則が改まったか、なんらかの理由で掘削工事がおこなわれたのだろう。

　本来の笹霧匡太のことを美咲は知らない。匡太といえば、いま目の前にいる男以外知るよしもない。店内にいる全員がそうだ。匡太がかつて唐辺丈城だったと認識する者は、もう裏社会にはいない。しかし警察によるDNA鑑定で、笹霧匡太なる行方不明の若者の名が浮上すれば、身元がたどられるかもしれない。それなりに厄介な状況が予想される。

とはいえ保育園への殴りこみを自粛する理由にはならなかった。匡太は美咲のわきを抜け、足ばやに歩いていった。「旦那のもとに帰んな。ここに長居したんじゃ、おめえの立場も危うくなる」

美咲はさらなる苦言を呈したりせず、黙って匡太を見送った。なにをいおうが無駄だと悟ったのだろう。そういうところは賢明な女だと匡太は思った。正直者でもある。母親として架禱斗をあんな目に遭わせた奴らをほうっておけない、そのあたりは匡太と同じ感情がのぞく。

店の外はまだ明るかった。駐車場でランボルギーニ・ムルシエラゴのドアを上方に跳ねあげる。大きな車体のわりに狭いシートに身を沈めた。ドアを押し下げ閉じきるやエンジンをかける。六・四リッター、V12エンジンの爆音を轟かせ、匡太はランボルギーニを路地へと向かわせた。

この時間にはまだ流しのタクシーも少ない。一方通行の裏路地も空いている。迷路のような細道を駆け抜けつつ匡太は思った。ガキを檻にいれる時点で躾ではないときめつけたがる、美咲のそんな短絡的思考が腹立たしい。

まだ匡太を名乗っていない十代のころ、ひとりで外国をさまよったことがある。文無しの密航やヒッチハイクの果てに、まったく縁もゆかりもない山中で、ひとり遭難の憂き目に遭った。熊や狼が出没する危険地帯だった。のみならず山小屋に住む猟師らが猟銃で追いまわしてきた。奴らは無断侵入者を射殺することに喜びを感じているらしかった。銃口が縦長の楕円を描くあいだは弾が当たらない、そんな秘訣はそのときに知った。匡太はひとり生き延びた。猟師らも返り討ちにした。逆境は人を強くする。架禱斗を腑抜けな男にしてどうする。

　六本木も幹線道路から一本入れば古い住宅街がひろがる。保育園といっても敷地はごく狭い。ちっぽけなグラウンドにランボルギーニを乗りいれた。エンジンを切って降車する。鉄筋コンクリート製の平屋建てに歩み寄った。窓のなかに明かりが灯っている。

　ガラス張りのエントランスに近づくと、女児の泣き声がきこえてきた。テープと同じ中年女性の怒鳴り声が耳に届いた。「誰が積み木片付けないうちにクレヨン塗れっていった？　ふざけんなよ。さっさと片付けな」

　もうひとりの中年女性の声も録音と共通していた。「あーあ。ったくしょうがない子たち。ブスばっかりだし憎たらしいし、いいとこなしで反吐がでる。早く片付けなさいよ。あんたをモップがわりにして積み木を搔き集めようか？」

　女児の泣き声は憂いの唸りをともなっていたが、言葉にならなかったせいだろう。

最初の中年女性がひときわ甲高い声を響かせた。「あんたたちバ架禱斗と同レベルかい⁉ ほんとにモップになりな。ブスなガキのままよりは役立つだろ！」

女児ひとりの顔を床に押しつけようとしたのだろう、拒絶の唸り声が大きくなった。すると平手打ちの音が響いた。ほかの女児も頰を張られたのか、同じ音がこだまする。

保育園に通ったことのない匡太にとって、やけに昂揚感を煽る状況だった。ひさしぶりに童心に返って遊べそうだ。匡太はエントランスを開け放った。靴脱ぎ場を踏み越え、かまわず土足でフロアにあがりこむ。教室につづくガラス戸を開けた。

板張りの部屋には積み木が散らばり、ふたりの保育士がそれぞれ女児を床に押さえつけていた。ほかにも三人の女児がいたが、いずれもへたりこんで泣きじゃくっている。保育士らははっとした顔をあげ、匡太を凝視した。保護者が来たのなら取り繕わねばならない、瞬時にそう思ったのがわかる。だが見知らぬ男が踏みこんできたとわかり、どちらも不審そうな表情に変わった。ふたりとも性根の腐っていそうな、醜悪な面構えのババアだった。

匡太は遠慮なしにずかずかと歩み寄る。ぎょっとした保育士のうち、ひとりを抱えあげた。保育士が悲鳴を発した。プロレスでいうブレーンバスターの体勢で、のけぞりながら両腕で保育士を逆さまにし、後方の床に叩きつける。保育士の顔面が鼻血まみれになると、その両脚をジャイアントスイングのように抱えこみ、回転しながら積み木を一掃した。あまりの楽しさに匡太は奇声を発した。「ヒャッハー！」

もうひとりの保育士は恐怖に目を剝いている。女児らは泣き叫んでいた。積み木がすべて壁際に滑っていき、付近の足もとになにもなくなると、匡太は遠心力により保育士を投げ飛ばした。勢いよく飛んだ保育士は窓ガラスを突き破り、血飛沫を撒き散らしつつグラウンドに沈んだ。

どたばたと駆けていく足音がする。もうひとりの保育士がドアへ逃走を図っていた。匡太は笑いながら追いかけると、助走から跳躍し、ライダーキックのような飛び蹴りを背中に見舞った。「とう！」

蹴りを食らった保育士が突っ伏す。胸倉をつかみあげると、また鼻血を噴いたばかりでなく、今度は前歯までも折れていた。匡太は歌いながらビートを刻むたび膝蹴りを浴びせた。「せまるーショッカー！　地獄のぐーんーだんー！」

保育士が嘔吐と同時に吐血する寸前、匡太はすばやく身を引き、汚い液体が降りかかるのを回避した。へたりこむ寸前の保育士に、匡太は猛然と駆け寄り、渾身の上段回し蹴りを食らわせた。縦に回転した保育士が床に叩きつけられた瞬間、強烈な震動が突きあげる。

女児らが騒然と泣き叫ぶなか、いきなりドアが開いた。パンチパーマの男が血相を変え駆けこんできた。「なんだてめえは!?」

元暴力団員ではないと匡太は思った。それっぽい外見でワルぶっているだけの小物だ。こいつが園長にちがいない。匡太は積み木をつかみあげると、オーバースローでぶん投げた。ピッチングマシンがあれば三桁台の時速が表示されただろう。園長の顔面に積み木が命中するや、大木の幹を裂くような鋭い音が響き渡った。鼻っ柱ぐらいは折れたかもしれない。

苦痛に前のめりになった園長に対し、匡太は容赦なく躍りかかった。ヘッドロックをかけ、わきの下で園長の首を締めあげつつ、頭部にこぶしを何発も食らわせた。上機嫌の匡太は、黛敏郎作曲『スポーツ行進曲』のふしを大声で口ずさんだ。「馬場に鶴田に猪木にブッチャー!」

バックブリーカーで園長を抱えあげたのち、床に叩き落とす。匡太は息ひとつ乱れていなかった。口から泡を噴く園長の頬を踏みつけ、匡太は低い声できいた。「金庫は?」

「て」園長がくぐもった声でたずねかえした。「てめえ、強盗か」

「有り金はたけば、きょうのとこは勘弁しといてやる。事務室は向こうだな? さっさと金庫の鍵をだせ。死にたくなきゃな」

それっきり匡太は黙って園長を見下ろした。押し問答は必要ない。あくまで虚勢を張れるほどの後ろ盾もない男だ。ほどなく鍵が手渡される。

園長は頬を踏みつけられたまま、必死にポケットをまさぐり、鍵束を差しだしてきた。匡太は鼻で笑いつつ、それをひったくった。

ドアへと歩きだしたとき、女児らの泣き声がやんでいることに気づいた。振りかえると、全員が目を真っ赤に泣き腫らしながらも、黙ってこちらを見つめている。

「礼はいい」匡太は立ち去りぎわにいった。「どうしても感謝してえっていうんなら、十五年後にフェラしに来い」

事務室にはほかに誰もいなかった。匡太が金庫を開けると、百万円の札束が八つあった。福祉事業を金蔓にするエセヤクザは小金を貯めこむ。きょうの手間賃としては悪くないと匡太は思った。

事務机から適当なカバンを奪い、札束をおさめると、匡太は外へでた。ランボルギーニに戻ったとき携帯電話が鳴った。

首都連合の柳詰哲雄があわてた声でうったえてきた。「匡太さん、すぐ店に戻ってください。妙な連中が」

厄日かよ。匡太は運転席に乗りこむと、即座にエンジンをかけ、ランボルギーニを発進させた。保育園の敷地をでながら、垂直に跳ねあがっていたドアを下ろす。

一方通行を逆走したいところだが、対向車がきたら面倒なだけだ。いったん幹線道路にでるしかなかった。六本木通りを迂回したうえで、オズヴァルドの正面へとランボルギーニを横付けする。

なぜか店の前に黒服とホステスらが群れをなしていた。匡太はランボルギーニから飛びだすと、さっき電話をかけてきた黒服にきいた。「テツ、どうした」

誰もが戦々恐々としている。柳詰がなかを指さした。「開店前だってのに、やばそうな男が三人、妙なもんを持ちこんできたんです」

「黙って通したってのか」

美咲が近づいてきた。「匡太さん。あいつらは銃を持ってた。逃げ遅れた架禱斗が人質になってる」

匡太は苛立ちをおぼえた。世間に顔を知られている矢幡美咲を、このまま歩道上に晒しておけない。「美咲、ついてこい。タキ、テツ、おめえらもだ。コウイチ、銃を貸せ」

交番襲撃で制服警官から奪ったリボルバーが手渡される。匡太は先頭に立ち、店内へと歩を進めた。

ラウンジは地明かりで、まだ客もおらずがらんとしている。そこを突っ切っていき、バックヤードへつづく廊下に入った。歩調を緩めつつ匡太は小声でたずねた。「パグェか？」

背後で顆磯がささやいた。「ちがいます。例のバッジをつけてねえし、韓国人でもなさそうなんで」

伊勢佐木町（いせざきちょう）から勢力を拡大してきた韓国人の新興勢力、パグェが新宿でのさばるようになって久しい。匡太側は武力闘争専門の死ね死ね隊を送りこんだが、大半が返り討ちに遭ってしまった。この店にちょっかいをだしてくるのは奴らぐらいだと思っていた。ほかにも馬鹿がいるのだろうか。

ホステスの待機室に近づいた。開放されたドアのなかを慎重にのぞく。

ソファには三歳の架禱斗が身を固くして座っていた。架禱斗の両わきにアユナとイチカがいる。三人とも身を震わせながらすくみあがっていた。脅威をまのあたりにしているからだ。

部屋の真んなかで会社員風の男が、テーブルに置いたカバンをひろげ、中身をとりだした。なんと工業用ダイナマイトの束だった。包装紙はアルテックス社製二号榎（えのき）ダイナマイト、坑内での掘削向きの膠質爆薬に分類される。男は導火線を伸ばしたのち、ライターで着火すべく前屈みになった。

ほかにもふたりの男が近くに立つ。いずれも真面目そうなスーツ姿に似合わず、自動小銃で架禱斗らを威嚇していた。二丁とも本物のウージーだとわかる。コッキング済みでセーフティが解除されていた。トリガーを引くだけで架禱斗は蜂の巣にされてしまう。

異様なのは三人の男たちの冷静さだった。犯行に慣れきったようすとは明確に異なる。サイコパスでもなさそうだ。無表情にして無感情、なんの思考も働いていないように見える。まるで銃を備えた自動警戒システムのようだった。

匡太は油断なく声をかけた。「おい」

ダイナマイトに取り組む男は無表情のまま、なんの反応もしめさない。それ自体が不気味だが、匡太を驚かせたのは、銃を所持するふたりのほうだった。恐るべきすばやさで振りかえり、銃口をこちらに向けてくる。機械仕掛けの人形のような俊敏さを発揮し、いささかのブレも生じず、次の瞬間にはふたつの銃口が正円を描いていた。一秒以下でふたりとも匡太の胸部にぴたりと狙いをさだめた。

だが匡太の反射神経もずば抜けていた。敵が発砲するよりわずかに早く、匡太はっづけざまに三度トリガーを引いた。照星と照門を標的に合わせずとも、目線と銃口は完全に同調している。連射した三発は、ひとり一発ずつ、確実に敵の喉もとを貫いていた。ダイナマイトへの着火もなかった。三人が揃って床にくずおれた。

美咲がソファに駆け寄った。「架禱斗！」

顆磯らもアユナとイチカを救出した。匡太は撃鉄を親指で押さえながら、そっと元へ戻した。

ため息が漏れる。肝を冷やすほどではなかったが、それでも一瞬は心臓が凝固するような、嫌な感覚を味わった。ほんの少しでも銃撃が遅れていたり、急所を外したりしていれば危なかった。

織家が死体のわきで片膝をつき、緊迫の声を響かせた。「匡太さん、これ見てください」

匡太は歩み寄った。織家が指さすのは死体のこめかみだった。さっきは髪に隠れて見えなかったが、いまは露出している。銃撃を受けたわけでもないのに、銃創に似た傷痕がある。

……いや、負傷の痕跡ではない。手術痕だ。匡太は残るふたつの死体もたしかめた。いずれにもこめかみに同じ縫合の痕が認められた。

匡太は小さく唸った。「タキ。クルーザーは操縦できるな？　尻江島へ行って例の医者を連れてこい。こいつらがなんだったのか調べさせる」

顆磯はうなずきながらも、恐怖に表情をこわばらせていた。「マジで何なんでしょう、こいつらは……。ロボットかゾンビみたいっスよ。俺らにまったくびびるようすもなく、いきなり銃を向けやがって」

「ああ。クソゲーにでてくる敵キャラみてえな奴らだ」匡太はいまになって汗が滲んでくるのを自覚していた。「気にいらねえ。すぐにでも出自を洗わねえとな」

16

薄曇りの空の下、匡太は東京晴海医科大付属病院の駐車場に、ランボルギーニ・ムルシエラゴを停めた。

降車するやメインエントランスへと足を運ぶ。立派な本館を中心に、いくつもの病棟が連なっている。都心の大病院だけに、ちらほら見かける来院者は、みな身なりがいい。

きょうの匡太は水商売っぽいゴルチェのスーツではなく、もう少しカタギ寄りのトム・ブラウンに身を包んでいた。周りから浮いて見えるのではない、異彩を放っている。パンピーと同じルックスはまっぴらだった。

エントランスを入ると、吹き抜けの豪華なロビーがひろがったが、やけに静かに思えた。病院というより図書館並みに森閑としている。待合椅子に患者の数はごく少なく、職員はただ黙々と右往左往する。

匡太は受付カウンターに歩み寄り、若い女性職員に声をかけた。「心療内科系カウンセリング科ってのはどこだい？」

モデルのようにきれいな女だった。巻き髪に片目が隠れているあたり、まるで病院職員っぽくない。囲み目アイラインやマスカラの重ねづけ、つけまつげはいかにも最近の流行だった。夜は水商売か。そのくせマニキュアは塗ってもいない。派手なメイクが顔だけに留まっている。なんとも中途半端な身だしなみだ。

女は微笑とともに匡太を見かえした。瞬きのない表情が蠟人形のように無機的だった。情報のダウンロードに時間を要するかのように、数秒間は黙ったままだったが、ふいに口をきいた。「こんにちは。心療内科系カウンセリング科は西病棟の三階になります」

「そりゃどうも」匡太は女から目を離さなかった。「息してるか？」

すると受付カウンターに並ぶほかの女が、いっせいに視線を向けてきた。全員に同じような微笑がある。無言のうちに問いただすような表情を浮かべるでもなく、ただ表情筋だけで笑っている。

匡太はもやっとした気分とともにカウンターを離れた。遠ざかりながら振りかえると、女たちの視線は逸れていた。新たな来院者を迎え、またにこやかに応対する。

あのきわめて機械的な愛想のよさを、好感の持てる振る舞いと感じる来院者は多いだろう。本音ののぞく客あしらいを毛嫌いする人間は、一分の隙もないもてなしを受け、単純に気分をよくする。だが本音に生きる匡太にしてみれば、女たちの態度はただ不自然きわまりなかった。感情を押し殺すというより、最初から内面が存在していない。人格が皆無で空っぽ、虚ろな抜け殻だ。修行を積んだ僧侶でもあんな境地には至るまい。

西病棟への連絡通路は三階にある。匡太がエレベーターをまっていると、男性の病院職員がわきに並んだ。扉が開くや一緒に乗りこむ。匡太はいった。「三階を頼む」

「はい」男はやけに快活に返事をするとボタンを押した。それっきり振り向きもせず、じっとたたずんでいる。

エレベーターが上昇しだした。匡太は男性を横目に見た。ふつう視界の端に気配をとらえれば、こちらを見かえしたりする。男は無反応だった。

三階に着いた。扉の向こうは通路だった。もう職員の姿もほとんど見かけない。真っ白な内壁が清潔感を過剰なほど強調する。西病棟に移ると、無人のゴーストタウンに近い印象が漂っていた。廊下に面した無数のドアが、それぞれなんの部屋なのかもさだかではない。匡太以外の靴音はいっさいきこえなかった。天井の監視カメラがモーターの微音とともに向きを変え、俯角に見下ろしてくるのみだ。だが片時も目を離さないという強い意志が、どこからともなくうかがえる。ほかの来院者に対してもこうなのだろうか。

床に引かれたラインにしたがって歩を進める。廊下を何度か折れた先に、このフロア専用の受付カウンターがあった。ナースステーションに似ているがちがうようだ。来院者らしき中年男性のスーツが、ぼそぼそと話しかけている。女性職員が応じた。

「岬美由紀先生は本日、シンポジウム出席のため不在です。代わりのカウンセラーを呼びましょうか」

「そうしてください」中年男性は頭をさげると、廊下の待合椅子に腰掛けた。

匡太はカウンターに近づいた。「友里佐知子院長はいるか？」

女性職員の微笑はまたもロボット然としていた。「失礼ですがご予約は？」

「石渡匡太」この病院に来るにあたり、匡太はそう名乗っていた。石渡匡太名義の保険証も偽造してあった。

千里眼の異名をとる女医、友里佐知子はマスコミにも頻繁に登場し、巷でも名高い。彼女のカウンセリングを受けるとなると、高額の費用が必要になる。匡太はぽんと先払いで振りこんだ。おかげで通常なら大物政治家や名士しか謁見が叶わないところが、難なく予約に至った。

問診票を挟んだクリップボードを渡される。それを手に待合椅子に向かう。匡太は椅子をひとつ空け、さっきの男の並びに座った。記入しながら横目で男を眺める。こめかみの髪を妙に長く伸ばしていた。前方をぼんやりと見つめたまま、身じろぎひとつしない。ここの職員たちと同じく薄笑いを浮かべている。

匡太は立ちあがり、カウンターに問診票を返却した。女性職員がそれを受けとりながらいった。「廊下の突き当たり、特別カウンセリングルームです」

「もう行っていいのか？」

「はい。ご準備できております」

友里佐知子が？そうたずねようとしたものの、匡太は言葉を呑みこんだ。女性職員は微笑のまま腕を動かし、事務仕事に入っている。バービー人形を使ったストップモーション・アニメを観ているようだ。この女との問答にはなんの意味もない。人形と会話するに等しいのなら、人形師本人に直接面会したほうが早い。

廊下を歩いていくと、突き当たりのドアのみ大きく、木目調で豪華な仕様だった。ノックすると、女性の声が応じた。「どうぞ」

ドアを開け入室する。社長室に似た内装がひろがっていた。エグゼクティブデスクのほか、カウンセリング用とおぼしき椅子二脚が対面に据えてある。贅を尽くした室内だが、ここが院長室だとは思えない。こんな部屋が院内にいくつあるのだろうか。

本当に会えるかどうか疑わしいと思っていた友里佐知子は、意外にもあっさり姿を現した。というより最初から部屋にいた。中腰の姿勢でデスク上の書類をまとめつつ友里がいった。「石渡匡太さん？　そこにおかけになって」

匡太は指示されたとおり着席しながら、友里佐知子の動きを観察した。三十七歳の匡太にとって、ひとまわり以上も年上の中年女だが、まるで年齢を感じさせない。テレビで観たままの美顔とプロポーションが眼前にある。これが熟女の魅力というやつか。

窓のブラインドから射しこむ脆い光を浴び、長い黒髪が艶やかに輝く。吊りあがった目と、つんと澄ましたような鼻筋、薄い唇はどれも適切に配置されていた。白衣は羽織らず、身体にぴたりと合ったレディススーツから、豊満な胸が突きだしている。腰のくびれは芸術的で、タイトスカートに浮きだす丸みを帯びた尻と、長く伸びる脚が官能的だった。匡太は吸い寄せられるがごとく目で追いつづけた。気づけば視線を外せなくなっていた。

いきなり友里がこちらを見つめた。いかにも軽蔑したようなまなざしに転じる。まるで心のなかを見透かしたかのようだが、実際にそうなのか。友里佐知子が評判どおりの〝千里眼〟なら、むしろ好都合だと匡太は思った。ヤりたいというこの衝動が伝わってくれるのを望む。

しかし友里は真顔に戻ると、つかつかと歩み寄ってきた。「カウンセリングをお受けになる理由は、不眠とストレスだとか」

「そうとも。毎日しんどくてね」匡太は脚を組んだ。「きいてもいいか」

友里が向かいの席に座った。「どうぞ」

「あんたのことを考えて夜も眠れない。そういうゲスな相談をしてくる男は、俺が初めてじゃないよな?」

「どういう意味ですか」

「テレビで観る理知的な美人女医に惚れこんじまう視聴者もいるだろ。なんとかしてあんたに会いたくて大枚をはたいて、カウンセリングでふたりきりになる機会にこぎつける。で、あんたの千里眼が、男の下心を見抜く」

「千里眼じゃありませんよ」

「ちがう？　世間の評判はそうなってるけどな」

「噂がひとり歩きしているだけです」友里もわずかに姿勢を崩した。有閑マダムとでも呼ぶべき退屈そうなしぐさがまたそそる。そんな気持ちを知ってか知らずか、友里が見下げるような目を向けてきた。「表情観察による心理分析を、一部の人たちが大げさにとらえているだけです。どのカウンセラーにも備わっている技能ですから」

「いま俺が考えてることがわかるか？」

「わかりません。占い師ではありませんので」

ドアをノックする音がした。友里がどうぞといった。開いたドアから、さっきカウンターにいた女性職員が入ってきた。手にクリップボードを携えている。女性職員は微笑とともに近づいてくると、問診票の挟まったクリップボードを友里に差しだした。

身を屈めた女性職員に対し、匡太はすばやく胸倉をつかみ、力ずくで引き寄せた。

びくっとする反応をしめしたのは友里だった。

女性職員のほうはそのかぎりではなかった。体勢を崩し、匡太の膝の上に座りこんだにもかかわらず、顔にはまだ微笑が留まっている。目はぼんやりと虚空を眺めていた。けっして匡太を見つめようとはしない。

匡太は手を伸ばし、女性職員の髪を掻きあげた。左のこめかみに手術痕があった。それだけたしかめられれば充分だった。匡太は女性職員を解放した。腰を浮かせた女性職員が、なにごともなかったかのようにおじぎをすると、ドアへと立ち去っていった。

友里の尖った目が匡太に向けられていた。警戒心があふれる美人は好きだ、匡太はそう思った。オスに貞操を奪われそうになっているメスの表情そのものだからだ。

背後でドアが閉じたのち、室内には匡太と友里、ふたりきりになった。匡太は口もとを歪めてみせた。「オズヴァルドに来た三人の男も前頭葉を吸いだされてた。自発性と理性が機能を失う一方、脳のほかの部位が言語その他を理解するため、催眠暗示が完全に効くようになるんだってな」

しばし沈黙が生じた。友里が冷めた口調でいった。「漫画そのもののご推察」

「あんたがな」匡太はまっすぐ友里を見つめた。「恒星天球教の教祖は阿吽拿のホーリーネームで呼ばれてて、どこの誰なのか不明だろ。あんたが千里眼だろうがなかろうが、アウンナの正体ぐらい承知済みだよな？　自分のことなんだからよ」

友里は表情を変えなかった。「妄想性パーソナリティ障害の治療は、認知行動療法科のほうへお越しいただかないと」

「それもあんたが受診すべきじゃねえのか。警察が恒星天球教のアジトをいくら探しても見つからねえわけだ。ここがサティアンだよな、あんたらの。アウンナ教祖」

匡太はけっして油断せずにいたが、それでもふしぎな感覚に包まれていた。友里の虹彩（こうさい）の奥に妖（あや）しい光が宿って見える。脳裏に響いてくるような声で友里がささやいた。

「あなたの生い立ちは捨て子よね。世間のみならず文明社会の構造全体を憎悪するのは、自己内に鬱積（うっせき）した耐えがたい不満のため。人の幸福の否定と破壊が第一目的。自己愛性パーソナリティ障害の傾向が顕著」

「俺の顔を見ただけでそんなことがわかるってのか」

「目線と表情筋に生じる無意識的な反応ゆえにね。良心の呵責（かしゃく）の欠如、一貫した無責任さ、ここにひとりで乗りこんでくる無謀さ。いずれも反社会性パーソナリティ障害に当てはまる」

「ここに来るのが無謀？　あんたがアウンナだって認めたわけか」

ふいに友里が椅子の下から黒光りする物体を引き抜いた。オートマチック拳銃（けんじゅう）の銃口が匡太に向けられた。腕をまっすぐ伸ばさず、肘（ひじ）を水平方向に突きだすように曲げている。トリガーを引く瞬間のブレを抑えられるからだ。拳銃のあつかいに慣れているのはあきらかだった。

「へえ」匡太はいっこうに臆さなかった。六本木オズヴァルドに鉄砲玉を送りこんできた恒星天球教が、匡太を生きたまま帰すはずがない。殺害の準備は整えていて当然だった。匡太はそんな事実よりも拳銃自体に興味を抱いた。「マジか。H&KのUSPシリーズ、コンパクトタクティカルモデルだな。最新型じゃんかよ。輸入できるルートがあんのか？」

友里は夜叉のように冷酷な面持ちに転じていた。「わたしは政府筋の信用を得てる。プライベートジェットでの渡航ではチェックも簡略化されるの。あなたのようにヘアドライヤーや釘打ち機を改造する手間なんか必要ない」

「よく知ってるな。実際のところ麻薬みたいに金にならない武器なんざ、必死に密輸する気にならなくてよ。俺んとこに都合してくれねえか」

「あなたみたいな異常者は社会を腐敗させる。新興犯罪組織は国家の癌。切除するにかぎる」

「職員たちの前頭葉みたいにか？　あんたも孤独な女だな、佐知子」

いらっとした感情が友里の顔にのぞいた。「友里先生。それ以外の呼び方は許さない」

「そう凄むな、佐知子。オウムの信者は少なくとも尊師を崇めてた。恒星天球教はちがう。カルト教団を装っているだけで、意思を持ったメンバーは皆無だ。あんたは大勢を操っているが、誰の尊敬も集めてない。アウンナ万歳を唱えろと催眠暗示で命じることはできても、本気でそうする奴はいない」

「わたしは賛同や共感に喜びなんかみいださない。世俗的な心理は超越してる」

「だから油断がある。そうだろ？　オズヴァルドへ送りこんだ三人な。頭骨の手術痕をふさぐにあたり、血液製剤の糊を吹きつけたうえで、人工硬膜を補塡、硬膜を縫合してるよな。脳神経外科医長を兼ねるあんたの技術だと町医者でも知ってるぜ？　ダイナマイトで吹っ飛べば証拠隠滅できたって？　女の浅知恵だな」

「女を必死に見下そうとするのは衝動的欲求を抑えられないからよね、匡太。石渡じゃなくて笹霧匡太。性嗜好障害の傾向もあるようね」

唐辺丈城までは知らないらしい。高慢に振る舞っても、それがこの女の限界だろうと匡太は思った。「あんたみたいな美人が、なんでカルト教団ごっこなんかしてる？」

「この世のなかの過ちを根底から正す。国家それ自体を破滅させる」

「気が合うじゃねえか」

「わたしは母を知ってる。祖母も。あなたとはちがう」

「だがその母なり祖母なりが不幸のうちに死んだとか、さしずめそんな生い立ちじゃねえのか。でなきゃ社会への憎悪なんか募らねえよな」

図星だったのか、友里の眉間（みけん）に深い縦皺（たてじわ）が刻まれた。拳銃の照門と照星を匡太に重ね合わせるように、じっくりと狙い澄ましながら友里がいった。「本来ならあなたはもう店ごと吹き飛んでた。わたしがいまさら撃つのを躊躇（ちゅうちょ）すると思う？」

「思わねえよ、教祖様。あんたは無敵だ。合法的な医療事業で稼いだ潤沢な予算に、行政や司法における信頼に裏打ちされた優遇措置、おかげで武器を密輸し放題か。うらやましいな」

「銃をいまさら欲したところで、もう使う機会なんかないでしょ」

「そういうなよ。俺も拳銃を携えてきてんだぜ？」

「戯言（ざれごと）はよして。あなたは銃なんか持ちこんでない」

「そうかい？　なんでわかる？」

「ここに来るまで四回もX線の照射を受けたのに気づいてないのね。丸腰で現れたのは褒めてあげる」

「ちげえな」匡太は鼻で笑った。「拳銃ならちゃんと隠してる」

「ブラフにつきあってる暇はない」

「カウンセリング中だろ？　患者の話をきけよ、女医先生。いま俺の拳銃をだすからな」

「動かないで」

「なんでだよ？　あんたの拳銃は俺を狙ってる。ここから見ても銃口は真ん丸、正円を描いてやがる。ズドンと一発で仕留められるのはあきらかだよな。俺が銃をとりだしたところで、すぐにはあんたを狙えねえ。それよりどうやってX線の目を逃れたか、その知識をつけとくほうがよくねえか。国家打倒を狙う身からすりゃあよ」

「……いいわ。銃をだして」

　匡太はまってましたとばかりに、ズボンのファスナーを下ろした。隆々と肥大化したイチモツが垂直に立ちあがるにまかせる。

　友里がしめした反応は絶句だった。しばし友里の目は匡太の股間に釘付けになっていた。数秒が過ぎ、友里はあわてたように顔をあげ、拳銃で匡太を狙い直した。だが依然として目が丸く見開かれている。動揺のいろがあらわになっていた。

　みるみるうちに顔面を硬直させ、友里は拳銃を間近に突きつけてきた。「ふざけないで！　そんなもの早くしまいなさい」

「おお、いいねえ。〝しまいなさい〟って命令調がよけいに興奮を誘いやがる。なにをしまうのか、はっきりいってもらっていいか」

「減らず口はそれまでよ。いますぐあの世に送ってやるから」

「あの世に送るとか、医者がいうこっちゃねえな！　見ろよこれ。ギンギンのカッチカチだぜ？　なんでこんなありさまかわかるか。断っとくが勃起薬なんか飲んでねえぜ？　血液検査するか？」

友里が苛立ちをあらわにした。「いいからさっさと……」

距離を詰めすぎだと匡太は思った。瞬時に友里の前腕をつかみ、長掌筋を親指で強く圧迫する。友里が苦痛に表情を歪めた。こうしておけばしばらく人差し指は曲げられず、トリガーは引けない。ほんの数秒しか持続しないが、それだけで充分だった。匡太のもう一方の手が、拳銃のスライドを向こう側へ滑らせ、瞬時に本体から除去した。

はっとした友里がようやくトリガーを引き絞る。しかしスライドを失った拳銃が発砲できるはずもない。歯を食いしばった友里が、なおも必死の形相でトリガーを繰りかえし引く。どうにもならないことを悟ったらしく、拳銃を匡太に投げつけてきた。

しかし匡太は座ったまま片手でそれをつかみとった。と同時に友里の足をひっかけ、大きく体勢を崩させた。スライドと拳銃本体をジャケットのポケットにおさめ、友里の背を向けさせるや、スカートをまくりあげた。下半身を覆う布の類いをすべてずり下ろす。匡太は立ちあがり、友里の尻にある粘膜の窓口に、わがイチモツを突き立てんとした。暴れる友里を荒馬乗りのごとく両手で固定しつづける。友里はけたたましい悲鳴をあげ、全力で身をよじり抵抗した。

匡太は笑った。「虚しい悲鳴だな！　どんなに叫んだとこで、この病院にいる職員から患者まで、全員がゾンビだぜ？　お姫様が助けを求めたって誰も来やしねえ。白馬の王子ならこの匡太様よ。おら、乗りこなしてやるから嘶け！」

「いい加減にして」友里が怒鳴った。「助けに耳を傾ける者もいるんだから！」

友里は逃げるようにエグゼクティブデスクにすがった。だが匡太は背後から密着した状態を保ち、引き離されることなくついていくと、友里を後ろ向きのままデスク前に追い詰めた。友里の股間にある縦長の狭い空洞に、匡太の二十センチ砲がずぶりと刺さった。のけぞった友里が絶叫に等しい声を発する。匡太はけっして友里を逃がすことなく、一定のリズムで腰を振りだした。

デスクの上に伸びた友里の右手の先に、なにやら怪しいボタンがある。その事実に匡太は気づいていた。後催眠暗示でも発動させるブザーを鳴らせば、武装警備員どもの出動につながる仕組み、たぶんそんなところだろう。匡太は友里の腕をつかまず、あえて泳がせておいた。本当にボタンを押せるのかよ。匡太は無言のうちに嘲るように問いかけた。この快楽を永久に放棄することに後悔はないのか、いい歳したお姫様。

やがて友里の指先が力を失ったように丸まった。友里は髪を振り乱し、一オクターブ高い甘美な喘ぎを発しつつ、匡太に身をまかせだした。

匡太は荒い鼻息とともに勝ち誇った。恒星天球教ここに陥落。女はいくつになろうが小娘と変わらない。ゾンビをいくら増やしたところで、男に支配されたい欲求に勝てるはずがない。

これまで匡太と交わった多くの女がそうだったように、友里もみずから腰を振りだした。匡太は絶頂への階段を上りだした。ところが友里が次にとった行動に、匡太も面食らわざるをえなかった。なんと友里はボタンを押した。ブザーがけたたましく鳴った。

友里はデスクに前のめりに寄りかかり、なおも腰を振りつづけ、喘ぎ声を反響させている。セックスを継続するくせに応援を呼ぶとは、なんとも酔狂な女だ。匡太は友里に挿入状態のまま、ポケットからとりだした拳銃にスライドを戻し、右手のみで銃口をドアに向けた。

ドアが弾けるように開いた。現れたのは若い女だった。さっきの職員とはちがう。

茶髪で化粧が濃く、目鼻だちがはっきりしていた。引き締まった身体つきがワンピースから浮かびあがっている。ウージー自動小銃を水平に構えていたが、銃口はわずかに縦の楕円だった。女が匡太に狙いをさだめきれない理由はただひとつ、匡太のほうが先に拳銃で女を狙い澄ましているからだ。

　女が忌々しげに匡太を睨みつけた。のみならず友里への行為を視認し、なお憤りを募らせたらしい。まさに怒髪天を衝くといった表情に転ずる。イチかバチかの銃撃も辞さない殺意を燃えあがらせている。あきらかに前頭葉切除手術を受けていない。匡太はセックスをつづけながらも息を呑んだ。思考と知覚がまともな手下もいたのか。

　ところが友里は腰を振りながら女にいった。「いいの、阿諛子！　いいの……。ううっ、いい」

　阿諛子と呼ばれた女が眉をひそめた。匡太も同様の気分だった。友里をバックで衝きつつ、銃口だけは阿諛子に向けた状態を保つ。いかれた状況だった。阿諛子はしだいにあきれ顔になってきた。

　匡太は阿諛子にきいた。「三人でヤるか？」

　露骨に嫌悪のいろをしめす阿諛子だったが、友里を一瞥すると、今度はしらけぎみの表情に転じた。いっさいうろたえないあたり肝が据わっている。友里はといえば、阿諛子を呼びつけておきながら、ドアのほうへ目もくれず、ただエクスタシーに溺れつづけている。

やがて阿諛子は自動小銃を下ろした。やれやれといいたげに身を退かせる。ドアが閉じきる寸前、阿諛子が無愛想にいった。「ごゆっくり」

またふたりきりになった。匡太は友里の後頭部に銃口を突きつけた。「どういうつもりだよ」

友里は体勢も腰を振るペースも変えなかった。銃を恐れているようすもなく友里が告げてきた。「あの子は地獄耳なの。なにをしてるか前もって教えておかなきゃ危険でしょ」

「俺を撃たせる気だったのか?」

「いまので死ぬような男ならお呼びじゃないわ」

匡太は自分について、さっきの阿諛子と同じ顔をしているのだろう、そう思った。ただひとつ大きなちがいは、全身で味わうようなこの快楽だった。友里はまぎれもない名器の持ち主だと匡太は思った。たぶん若いころから使いこんではこなかったのだろう。この肉感あふれる締め付けがたまらない。匡太は拳銃をポケットにしまいこんだ。

いっそう激しく腰を振りつつ、匡太は鼻息荒くきいた。「岬美由紀ってのも未手術なのか？」

「詳しいのね」

「さっき名前を小耳に挟んだだけだ。若えのか？」

「あんな小娘」友里は腰を引き、いったん匡太のモノを抜くと、振りかえりながらデスクの上に寝そべった。「おいで、坊や。死んでもいい勇気があるなら」

望むところだと匡太は思った。デスクに跳び乗り、ふたたび友里と合体しながら、ビル内の地獄耳にも届くだろう声を張りあげた。「パフパフしてほしいなら五十ゴールドだって？　代わりにこの命をくれてやるよ、あんたのためにな」

17

警視庁捜査一課の四十一歳、蒲生誠警部補は、汐留にずっと建設中のビルが気になっていた。ようやく完成したビルが、麴町から移転してきた日本テレビだと知った。ろくにテレビを観ない蒲生は、これまで情報を得る機会がなかった。二十一世紀になって数年。巷では〝癒やし〟とやらがブームになっている。登場人物の闘病と悲劇的結末を描くドラマがやたら流行しているようだ。昭和のころと同じで反吐(へど)がでると蒲生は思った。人間の死など現実の世界にあふれている。わざわざ芝居でそんな内容を観ようとする暇人どもの気が知れない。お涙頂戴(ちょうだい)のドラマや映画も、スローテンポのバラードも、蒲生の趣味ではなかった。

苛立(いらだ)ちが募るのは捜査に進展がないせいだった。恒星天球教の首謀者が、いまだあきらかにならないばかりか、拠点の所在地さえも炙(あぶ)りだせない。

そうこうしているうちに、教団のテロ以外にも深刻な社会情勢が列島を覆いだした。暴力団に代わる新興犯罪集団の台頭だ。暴走族やチーマーあがりの若者が三十代になった現在、年少の不良を率いて違法行為を繰りかえしているとみられる。厄介なことにこちらも最大勢力の正体が不明だ。都内のいくつかのグループが合併したとの推察が有力だが、こちらもアジトがいっこうにつかめない。

大会議室の雛壇(ひなだん)状の座席は、半数が公安部の私服らで埋まっている。蒲生はそれ自体が気にいらなかった。どうせまた連中が捜査一課の怠慢を挙げ連ねる、不毛な時間を浪費するだけでしかない。

管理官が演壇に立った。「お集まりいただき恐縮です。警察庁警備局のみなさま、ご出席に感謝申し上げます。公安部の漆崎孝弘(うるしざきたかひろ)室長から報告があります。漆崎室長、どうぞ」

演壇を降りた管理官に代わり、五十歳前後の丸顔が登壇した。一礼ののち漆崎が声を張った。「一九八五年出版、北川紘洋（きたがわこうよう）著『ヤクザは人間をどう育てているのか』に、以下の箇所がある。〝三十代で入ってきた奴にやらせる仕事はたくさんある。うちの場合は、そういうヤツは準構成員として置いとくがな。一般にいう半グレだ。バッジはつけさせないで、組に出入りさせる〟」

蒲生は妙に思った。いきなりなんの話だろう。二十年近くも前の暴力団の話など、いまさらなんの参考にもなりはしない。

漆崎はつづけた。「安部譲二（あべじょうじ）の一九八九年の著書について、一部を要約する。半グレとは、警察のいう準構成員、あるいはそれにも当てはまらないヤクザもどき。半分グレているというのが語源。組織にも属さず暗黒街を蠢（うごめ）く手合いの蔑称（べっしょう）が半グレである」

捜査一課長が挙手した。「論点が見えないのですが、半グレというのはたしかに我々の隠語で、まだ一般には知られていない言葉です。おっしゃるとおり、暴力団に属さない比較的若い世代のヤクザ志願者だとか、そもそも暴力団とは無縁の不良崩れを指します。それがなにか……？」

すると漆崎が硬い顔で咳ばらいした。「我々は今後、この半グレという用語を、新興犯罪組織全般を意味するものとして定義づける。具体的には二十代から四十代のメンバーで構成された、従来の暴力団と無縁の反社会的グループを指す。半グレ集団なる呼称をマスコミに解禁、国民全般に周知徹底させる」

演壇のわきで管理官が補足した。「元チーマーや元暴走族が緩くつながり、犯罪行為に手を染めるグループの総称とします。昨今のオレオレ詐欺やヤミ金融に携わる、比較的若い世代による犯罪集団がおもに該当します。暴力団やカルト教団、左翼過激派と明確に区分されるのが半グレ集団です」

列席する捜査員らがいっせいにメモをとっている。捜査一課長がふたたび問いかけた。「詐欺やヤミ金だけでなく、暴力的な凶悪事件を起こした連中も含むのですか」

漆崎がうなずいた。「とりわけ凶器を用いた武力襲撃を主とする集団を、武装半グレと命名する。知ってのとおり相次ぐ交番襲撃には3Dプリンター製の銃が用いられている。警官から奪った拳銃が発射された例も認められる。のみならず金融機関や民家への強盗には、密輸拳銃から自動小銃までが使用された」

「武装半グレはどうやってそれらの銃を……？」

「不明だ。暴力団以外に密輸ルートを押さえられる新興勢力がいるとは考えにくい。

ですか」
「その武装半グレについて、公安のほうではあるていどメンバーを絞りこめているの
武装半グレが暴力団事務所を襲い、奪取したとも考えられる」
漆崎がしばし言葉を切った。ため息をつくと指で合図する。窓に遮光カーテンが引
かれ、照明が消えた。暗がりにスクリーンが下りてきて、スライドの画像が投光され
る。漆崎がいった。「首謀者とみられるのはこの男だ。優莉匡太、三十八歳。戸籍に
よれば奈良県五條市の出身だが、書類に不備が多く、出生の記録自体が疑わしい」
ざわめきがひろがるなか、蒲生も固唾を呑んでスクリーンを凝視した。大写しにな
っているのは、浅黒く日焼けした、たくましそうな男の顔だった。瞼は腫れぼったい
が黒目がちで、まっすぐこちらを睨みつけている。鷲鼻にやけに大きな口、割れた顎。
着痩せして見えるが、猪首から想像するに、かなり鍛えあげた肉体の持ち主だった。
漆崎が手帳を開いた。「優莉匡太は半グレ集団を次々と傘下におさめ、現在も勢力
を拡大中である。吸収したとみられる半グレ集団は首都連合、共和、クロッセス、野
放図。かつて犯罪暴走集団と位置づけられていた出琵妻が最古株と考えられる。オウ
ム真理教の科学技術庁メンバーも加入、のちにD5なる兵器開発班へと成長した」
きくべきことがある。蒲生は挙手とともに質問した。「歌舞伎町で韓国人グループ

との大規模な抗争があり、複数の店舗で強盗殺人が発生しましたが、あれも優莉匡太のしわざですか」

「死ね死ね隊。優莉匡太半グレ同盟の一グループで、武力闘争専門だ。都内で相次いだパチンコ景品交換所での殺人と窃盗、ヤミ金融事務所襲撃、いずれも死ね死ね隊のしわざだ」

捜査一課長が漆崎にきいた。「優莉匡太の所在はつかめているのですか」

「六本木オズヴァルドなるクラブの経営者だ。半グレ同盟の拠点ともみられるが、現時点で確たる証拠はない。よって我々は捜査一課と連携し、優莉匡太と半グレ同盟の関係を立証していくことを最優先とする」

蒲生は鳥肌が立つのをおぼえた。寝耳に水とはまさにこのことだ。新興犯罪組織の全容があきらかになりつつある。だがいわば異様なほどの捜査の進捗ぶりだった。警視庁捜査一課がなにひとつつかめないうちに、なぜ公安がここまでの事実を把握できたのか。

募るばかりの疑念を問いたださずにはいられない。蒲生はたずねた。「どこから得た情報でしょうか」

「東京晴海医科大付属病院、友里佐知子院長による通報だ」漆崎が即答した。「優莉匡太がカウンセリングの相談者として来院。友里院長は表情筋と発言から凶悪犯の気配を察し、催眠療法で事実をひきだしたとのことだ。〝千里眼〟だからな」

18

優莉匡太の名を流布させたのは意図的な行為だった。匡太は友里佐知子と合意のうえで、あえてそうするときめておいた。

あの女は匡太に事実婚を求めてきた。むろん結ばれた事実を公にはできない。それでもパスポート上で同じYuriの苗字(みょうじ)になるだけでいい、と友里はいった。匡太は怪訝(けげん)に思ったものの、そろそろ改名が必要なタイミングではある。そこで友里が前頭葉切除手術を施した公務員に、中央(ちゅうおう)区役所を訪問させ、偽の書類を紛れこませた。奈良に優莉姓の家系が存在したことにし、そこから分籍届を提出するかたちで、優莉匡太と架禱斗が記載された戸籍を作成させた。もとをたどれば不審な点が複数浮上するだろうが、戸籍に関する過去の記録すべてが改竄(かいざん)されたいま、誰にも否定はしきれない。

いちおう優莉なる家系の存在は既成事実となった。

どんなに完璧(かんぺき)な偽装をおこない、善人を装えたとしても、大衆の二割はけっして信じない。それが友里の持論だった。彼女によれば、疑惑を持たれる前から著名人となっておくことで、ブラックをグレーに薄められるという。有名になればそしりを受け、真偽不明の悪評が噂されがちになるからだ。真実はそのなかに埋没させられる、それが友里の主張だった。

一理あると匡太は思った。ヤクザのフロント企業と同じ理屈だ。六本木オズヴァルドは犯罪者の巣窟とささやかれても、儲かっている店へのやっかみにすぎない、他方でそんな反論もあがる。友里が千里眼という胡散くさい異名を轟かせ、マスコミへの露出を増やした真の理由も、そこにあるらしい。どれだけ健全さをアピールしようとも、有名税にともない、週刊誌のゴシップのネタにされるのは避けられない。すると当初は本気で捜査に臨んでいた警察すら、世俗的なゴシップを追いかけるのかと馬鹿馬鹿しさを感じ始める。みずからの捜査方針そのものに不審を抱きだす。

証拠さえ握られなければいい。どれだけ怪しかろうと、ゴシップのひとつにみなされる。有名になっておくことこそ重要だった。現に六本木オズヴァルドは、連日のように盛況を極めている。黒い噂に惹かれる連中は一定数いる。疑惑のオズヴァルドで飲んできた、職場でそう自慢したい一般人は、本心では安全だと考えている。全国で凶悪犯罪の発生率が著しく上昇し、事実として大半が半グレ同盟の犯行でありながら、優莉匡太は安泰だった。

　三月に東日本大震災が起きた。四十代半ばになった匡太は、以前のように建築需要の恩恵にはあずかれなかった。優莉匡太として再出発した以上、かつて経営していた土建屋とは表向き、縁を切る必要があった。出琵妻の面々は依然として匡太のもとにいるものの、いまは公的にオズヴァルドの従業員だった。建築業に乗りだすのは変だ。震災後の自粛ムードのなか、大勢の黒服やホステスが連日のように出勤するのも不自然きわまりない。関連店舗を含め一時的に休業にした。匡太は傘下の各集団から幹部を引き連れ、長野の山荘に潜んだ。

　人里離れた赤石山脈の麓は、父親が息子を鍛えるのに最適の場所といえる。晴れた空の下、見渡すかぎりの盆地で、匡太は十歳の架禱斗を相手に千本ノックを始めた。

　匡太はバットを握りしめた。広大な草むらでひとり守備につく架禱斗に声をかける。

「行くぞ！」

　架禱斗はリトルリーグ用の野球服を着ているが、手にグローブは嵌めていない。世間の千本ノックとのちがいは、ほかにふたつある。匡太のノックに対し、架禱斗はキャッチするのではなく、絶えず回避しつづけねばならない。匡太の傍らで、三十代になった顆磯がトスするのは、ボールではなく手榴弾だった。

友里の密輸ルートから大量に調達できたアップル型手榴弾。顆礫が一個ずつピンを抜いては、軽く放り投げる。匡太はバットをフルスイングし、架禱斗めがけ手榴弾を打ち飛ばした。

　手榴弾はピンを抜き、レバーを解き放つと信管に点火し、数秒後に爆発する。一方で強い衝撃を受けても起爆しないよう頑丈にできている。バットで打ったからといって爆発はしない。放物線を描いて飛ぶ手榴弾が、架禱斗のもとに落ちるまでの秒数を考慮にいれ、バッティングに強弱の差をつける。

　飛んでくる手榴弾の軌跡を視認し、架禱斗が走りだす。手榴弾が落下するや閃光が走り、すさまじい土煙を放射状に巻きあげ、大地を揺さぶる轟音が鳴り響く。

　爆心から五メートル以内なら、衝撃波と爆風をもろに浴び、一巻の終わりとなる。十メートル以内は金属片が弾幕の勢いで飛んでくる。三十メートルまでは火傷を負うが、そのぎりぎり外側ぐらいに退避するのが望ましい。あまりに遠くまで走ったのでは体力を消耗し、何発目かには躱しきれず吹き飛ばされる。

　架禱斗の動作は無駄なく機敏だった。駆けだす前に手榴弾の軌道をしっかり見極めろ、そんな匡太のいいつけを守っている。全力疾走はせず、手榴弾の滞空時間を計算し、間に合うように三十メートルを走る。最後の数メートルを、架禱斗は飛びこみ前転で逃れた。

「いいぞ、架禱斗」匡太はバットをかまえた。「ほら、もう一丁！」

顆磯のトスした手榴弾を、今度は低めに打ち飛ばす。架禱斗の真正面へのライナーだった。動体視力と瞬発力がものをいう。身を翻した架禱斗が、まっすぐ後方へと逃走していった。直後に爆発が起こり、火柱とともに土塊が撒き散らされた。爆煙が一角を覆い尽くす。架禱斗の後ろ姿は完全に見えなくなった。

幹部らが固唾を呑んで見守っている。やはり三十代になった織家が戦々恐々とつぶやいた。「まさかやべえことになったんじゃ……」

匡太は鼻を鳴らしてみせた。「なわけねえだろ。あいつは教わったとおりにやってんだよ」

爆煙がまだおさまらないうちに、濃霧のなかから小さな身体が駆けだしてきた。泥まみれになった架禱斗が叫んだ。「次お願いします！」

周りでどよめきとともに笑いが沸き起こる。柳詰哲雄が歓声を発した。「無敵じゃねえか、架禱斗！」

フライではなくライナーが飛んできたら、その進行方向へ三十一メートル退避することで、爆発に呑まれたように見せかけられる。爆煙のなかを駆け戻れば、目視されないうちに反撃に転じられる。スーダンの少年兵の鍛え方にヒントを得た。失敗して死ねばそれまでだが、架禱斗は必死に食らいついてくる。匡太は怒鳴った。「前よりはましになったな、架禱斗！　次はもう少し難しくしてやる」

イレギュラーなワンバウンドや、大きく打ち上げるフライ、またしても突然のライナー。匡太は自由自在に打ち分けながら、架禱斗を前後左右に揺さぶった。それでも架禱斗の動きは正確だった。いちどたりとも誤った方向へ走りださない。このクソガキ、燃えるぜ。匡太はノックのペースをあげた。次から次へと手榴弾を架禱斗のもとへ打ち飛ばした。

本気でガキを鍛える気になったのは、友里佐知子の死がきっかけだった。

東京湾観音(かんのん)事件で馬脚を現した友里は、教祖アウンナとしての素顔が露見し、世間の評価は一転、極悪人とみなされた。血みどろの山手(やまて)トンネル事件を経て、のちに命を落としてしまった。

裏でなにが起きたのか、詳細はさだかではない。脳切除手術を受けていない医療従事者、岬美由紀が一連の犯行を見抜いたようだ。事件以降は警視庁捜査一課の蒲生が友里の行方を追っていたらしい。優莉匡太とのつながりは浮上せずに済んだ。恒星天球教のテロ活動を、本格的に支援しなかったのが幸いした。

友里が身籠もったときいた日を思いだす。嘘だろうと匡太は驚いた。あの歳で妊娠するとは予想もしていなかった。妊婦なのがあきらかになる前から、友里は海外長期研修の名目で、フィリピンに隠れ住んでいた。匡太が現地に招かれたのは、双子の娘が生まれたのちのことだった。

高齢出産は双子の確率が高まる。友里はまさしくそれを立証した。ベッドに横たわる友里は、いささかやつれたようすだったが、それでも満足感に浸っていた。ベビーベッドのふたりの赤ん坊は揃って同じ顔をしている。泣き叫んだりもせず、ただ黙って匡太を見かえしていた。娘たちの名前をそれぞれつけましょう、友里はそういった。

双子のうち姉のほうを智沙子にする、それが友里の主張だった。彼女のこだわりはその一点のみのようだ。匡太は双子の妹について命名権をあたえられたが、心底どうでもいいと思った。スマホをいじり、ネットの検索で真っ先にでた女優の名をつけることにした。妹のほうは結衣になった。

女とヤりまくっていた匡太は、双子よりも先に次男をもうけていた。篤志という名は女がきめた。ほかにできた子供も、大半の命名は女まかせだったが、匡太はできるだけ戸籍に載せるようにした。オズヴァルドに幼児が出入りしている件で、児童相談所の職員に踏みこませるわけにいかない。経営者の実子なら追及を逃れられる、そう法律面の助言を受けた。弁護士の雇用は、友里が生前に強く勧めてきたことでもある。

友里の生前といえば、彼女は脳切除手術をした女を、生きたラブドールとして玩具がわりに提供してくれた。手っ取り早く満足を得たいときには重宝する。友里は催眠暗示で女の反応をあらかじめプログラムしておいた。多忙の友里が会えないとき、代わりに匡太の相手を務められるようにした、すなわちラブドールは友里の代理とのことだった。匡太がほかの女に浮気するよりはましだと思ったのだろう。

だが匡太にしてみれば、ラブドールとヤる際に、友里の顔などまったく思い浮かばなかった。顆磯らに攫わせた若い女が意思を失い、淫らな肉人形と化し、全身で匡太に奉仕する。そんな肌の触れあいと欲情の捌け口があるだけだった。熟女はもういいと匡太は思った。かといってラブドールばかりでも飽きてくる。前頭葉を備えた女とも適度に交わるのが、刺激的な毎日を生きる秘訣だった。

まだ中学生の市村凜を犯したのはいい思い出だ。匡太に魅せられるばかりのホステスどもとはちがい、凜は本気で匡太を殺そうと刃向かい、口汚く罵ってきた。セックスは格闘技だ。命懸けの真剣勝負こそ燃えあがる。市村凜は魔物だった。初めて目を合わせたときから殺人魔のにおいがした。十代ですでに複数の大人を手にかけているとは、おおいに将来の見込みがある。半グレ同盟にひっぱりこもうとしたが、凜は生意気にも拒否してきた。なら犯してやるしかない。最初は激しく抵抗したものの、やがて凜は快楽に溺れ、匡太の腕のなかで堕ちていった。孕んだガキは責任を持って育ててやる、匡太はそう約束した。

あいにく凜の子供は女だった。名前は凜につけさせた。匡太はあちこちでヤりまくったせいで、実子を全員までは把握できていなかった。将来的に七つの半グレ集団をまかせられるよう、七人までは戸籍にいれたいと思っていたが、ボコボコ増えてくると考えるのも嫌になってくる。

敵対勢力にガキを奪われたりもした。ホステスの岸本映見とのあいだにできた、たしか弘子という娘だった。捨て置けばいいと匡太は判断した。どうせなにもできなかったガキだ。娘は結衣以外、ろくに見るべきところもない。友里はひところ智沙子を引きとっていた。智沙子は喋ることさえできなかった。あんなものに友里はなんの可能性をみいだしたのだろうか。

匡太がバットで打ち飛ばしたライナーは、いままでよりもずっと速度がついていた。それゆえ起爆までの秒数にゆとりがある。架禱斗もその事実に気づいたのだろう。手榴弾が飛んできても架禱斗は一歩も動かず、すばやく身体をひねるや、中国拳法の旋風脚を放った。後ろ回し蹴りが手榴弾をとらえ、横方向へと弾いた。軌道が変化した手榴弾は、架禱斗から三十メートル超離れた空中で爆発した。噴煙が球状に膨れあがる。爆風が架禱斗の野球服をはためかせたが、熱風が届く範囲からは外れているとわかる。架禱斗は涼しい顔でたたずんでいた。

幹部らが歓声とともに両腕を振りあげた。顆磯が空箱をしめしてきた。「打ちどめっす！　架禱斗はきょうもやりましたよ！」

全身泥だらけの架禱斗がおじぎをしている。匡太は微笑してみせたものの、まあまあだな、内心そう思っていた。筋のよさでは六歳の結衣が勝っている。架禱斗にはときおり余裕のなさがのぞく。男ならもっとどっしりと構えていてほしい。身体ができてくれば強靱さも備わるだろうか。

匡太は顆磯にバットを渡し、ぶらりとクルマへ歩きだした。後方に連なる車列とともに、死ね死ね隊が三十人ほど、自動小銃を手に警備している。匡太と目が合うと、誰もが黙って頭をさげる。

こういう人目につかない場所では、高性能な既製品の銃を持たせられるのが有り難い。街なかでの抗争や襲撃には3Dプリンター製の銃を用いるのが常だった。ライフリングで足がついてもらっては困る。友里佐知子との関係はなかったことにしておきたい。あの女に死後も迷惑をかけたくはない。愛した女ひとり安らかに眠らせられなくて、なにが戦後最低の凶悪犯だ。

いきなり銃声が轟いた。周りの全員がはっとして姿勢を低くする。発砲したのは死ね死ね隊のひとりだった。巨漢がなおも自動小銃を振りまわそうとするのを、左右の男たちが必死に阻止している。それ以上の銃撃はなかったが、巨漢は呻きながら、駄々っ子のように男たちに抵抗を試みる。

「よせ」匡太は巨漢に歩み寄った。「いったいどうした、ジョウ？」

饗庭肖一はいつもどおり焦点のさだまらない目で、獣の咆哮のような声を発した。両腕をつかまれながらも、なおも暴れようとする。

匡太は饗庭の頰に軽く触れた。「そんなにいきり立つな。あれか。架禱斗が可愛がられてんのに、また焼き餅か？　心配すんな。おめえともまた遊んでやっからよ。いまは仲間たちと一緒に警備に従事しろ。ほら、仲間に謝れ。ごめんってな」

トーンダウンしたようすの饗庭が、あんぐりと口を開けたまま、左右の男たちに頭をさげる。饗庭が落ち着いたのはあきらかだ。男たちがやれやれという顔で饗庭を解放する。

もういちど饗庭に微笑みかけると、匡太はクルマへと歩きだした。すると死ね死ね隊の舟窪英史が不満顔で追いかけてきた。

歩調を合わせつつ舟窪がたずねた。「なんであんなのを飼っとくんですか」

匡太は振り向かず歩を進めた。「いざというときの馬鹿力は頼りになる。おめえらよりよっぽど俺のことが好きみてえだし、忠誠心があってよ」

「危ないっスよ。俺たちゃ寮もあいつと一緒なんです。猛獣に自動小銃持たせとくなんて自殺行為っスよ」

「吉積（よしづみ）にいえるか？」

「あ……いえ」舟窪が足をとめ、深々とおじぎをした。「すいません」

匡太は鼻を鳴らし遠ざかった。死ね死ね隊で最も勇敢だった吉積幹朗（みきお）という男がいる。饗庭はあいつが連れてきた。従兄弟（いとこ）なんで、ほうっとけなかったんスよ。吉積は匡太にそういった。

パグェとの抗争で吉積は命を落とした。荒くれ者だらけの死ね死ね隊ですら、饗庭甞一は敬遠したがった。だが匡太は仲間に加えた。吉積の気持ちがなんとなくわかる。そのときそう思ったからだ。

いまになって考えてみれば、智沙子を引きとったときの友里佐知子も、似たような心境だったのかもしれない。匡太と同じく友里も完璧（かんぺき）主義者だ。なにかが欠けている奴ほど、可愛げがあるように感じてならない。守ってやりたくなる。見返りなんか不要だ。ゴミみたいな連中が築いた文明社会で、饗庭のような奴は冷遇される運命にある。匡太のもとにいるあいだは、ただ生きづらさを忘れてもらいたかった。

最新型のレンジローバーに歩み寄ったとき、ほかのクルマのエンジン音をきいた。幹部らが振りかえる。匡太もそちらに目をやった。死ね死ね隊がいっせいに自動小銃を構える。

凹凸の激しい未舗装の路面を、レクサスのセダンが疾走してくる。ずいぶん荒い運転だった。何度となく車体が跳ねあがったり、道端から飛びだしたりしている。

匡太はつぶやいた。「俺たち全員ぶっ殺してやるって勢いだぜ」

幹部らが揃って下品な笑い声を発する。猛然と突っ走ってきたレクサスが、匡太の前で急停車した。

乗っているのはひとりだとわかった。運転席のドアが開き、矢幡美咲が憤然と降り立った。派手ないろのレディススーツは、旦那（だんな）の公務に同行する姿そのものだった。

美咲は目を怒らせていた。「ここにいたの？」

「悪いか？」匡太は両手を上げてみせた。「息子の千本ノックが終わったからよ。きょうは風向きがちがってやがる。ムササビ飛行訓練もできねえ。もう引き揚げるところだ」

匡太はレンジローバーの後部ドアに手をかけた。すると美咲が割って入ってきて、ドアを開けるのを阻止した。

「まってよ」美咲が低い声でいった。「架禱斗はわたしの子でもあるのよ」

「忘れちゃいねえよ。だが俺がひきとった」

「架禱斗を殺す気なの」

「殺さねえよ。死ぬかどうかはあいつしだいだ」

「ねえ匡太さん」美咲は冷ややかなまなざしで詰め寄ってきた。「何年も音沙汰(おとさた)なしでどういうつもり？ 友里佐知子みたいな年増(としま)と寝たと思ったら、市村凜みたいな不良中学生にも手をだして、しかも脳手術済みのゾンビまでだなんて。悪趣味もいいとこ」

「店のホステスたちは全員食ってる。そっちは不満じゃねえのか？」

「不満よ。匡太さん。わたしを侮辱しないでくれる？」

「侮辱なんかしたおぼえはねえけどな」

「あなたにどれだけ情報を提供してあげたと思って？ 銀行や現金輸送車の襲撃が片っ端から成功したのは誰のおかげなの？ 閣僚への恐喝、京都府警幹部からの協力、水島(みずしま)コンビナートの爆破はどう？ 誰の助力があってのことなのよ？」

周りがしんと静まりかえっている。部下どもの視線が突き刺さるのが痛い。匡太はへらへらと笑ってみせた。「そうだなー。強いていうなら女どものおかげかな。友里佐知子は武器を提供してくれた。市村凜は犯罪計画の立案が得意だ。ホステスたちは客から貴重な情報をひきだしてくれる。それにおめえ。美咲が旦那をそそのかして、警察の動きを知らせてくれるのも、重要な貢献のひとつだろうぜ」

「なによそれ」美咲の顔に怒りのいろが浮かんだ。「わたしはあなたと最初に結ばれた女よ。ほかとは一線を画するの。そういう認識じゃなかったの」

「一線もなにも、おめえには旦那がいるだろが」

矢幡嘉寿郎は少し前まで、内閣総理大臣の座に就いていた。総理夫人となった美咲は利用しがいがある、匡太はそんなふうにほくそ笑んだ。ところが矢幡は早々に体調を崩し、それを理由に総理を辞任してしまった。最高権力者の妻でなくなった美咲には、いっそう興味が失せた。

織家に付き添われ、泥だらけの野球少年がクルマに近づいてきた。架禱斗はわずかに戸惑いをのぞかせながら立ちどまった。

にわかに母親の顔になった美咲が、姿勢を低くし架禱斗に抱きつこうとした。だが架禱斗が身を退かせた。美咲は目を瞠りながら絶句した。

匡太はクルマのドアを開けた。「山荘に架禱斗を連れ帰って、風呂にいれなきゃならねえんだ。失礼するぜ」

架禱斗は美咲に頭をさげると、逃げるように後部座席に乗りこんだ。シートが汚れるのは気にするなとふだんからいってある。

息子につづこうとする美咲を、匡太は手で押しとどめた。「おめえは駄目だ」

「なんでよ」美咲が声を荒らげた。「わたしは架禱斗の母親よ！」

「山荘に来られちゃ迷惑なんだよ。俺が松濤にあるおめえの家に行って、旦那がびっくり仰天したら困るだろが。それと同じことだ」

「匡太さん……。変わったのね」

「変わりゃしねえ。不倫人妻との色恋沙汰なんて、もう過去の一ページってことだ。おめえも新しい相手を見つけて、また遠慮なく旦那をだし抜いてシケこみな。あばよ」

後部座席に乗りこもうとすると、美咲が妨害すべく絡みついてきた。匡太は足払いをかけつつ、軽い掌打で突き飛ばした。美咲は後方へ吹き飛び、地面に尻餅をついた。

架禱斗が心配そうに身を乗りだしている。それを奥に押しこんだ。匡太は乗車しながら周りに怒鳴った。「撤収！」

全員がそれぞれの車両に駆けていく。匡太はドアを閉めた。立ちあがった美咲が泣きじゃくりながら駆け寄ってきて、サイドウィンドウを殴りつけた。

「おぼえてらっしゃい！」美咲は目を真っ赤に泣き腫らし、鼻水を垂らしつつわめき散らした。「わたしをこんな目に遭わせて、ただじゃ済まないわよ。なにもかも暴露してやる。あんたたちは破滅よ！　架禱斗はわたしのものよ！」

「だせ」匡太は命じた。

運転席に乗りこんだ顆磯が、ただちにレンジローバーを発進させる。長い車列が砂埃を巻きあげ、いっせいに谷間をあとにする。美咲は拾いあげた石を投げつけてきた。

架禱斗はリアウィンドウを振りかえっていた。純朴な少年っぽい困惑のまなざしが、内面のすべてを物語っている。檻から解放されて久しいというのに、母親が恋しい年ごろか。乳房を吸いたきゃ、差しだす女が店にはゴマンといるだろうが。

ステアリングを切りながら顆磯がささやいた。「匡太さん、いいんスか？　あんなに美咲さんを邪険にしちゃ……」

「いいってことよ」匡太はこともなげにいってのけた。「向こう三年間の犯罪計画には緻密なアリバイが練りあげられてる。丸三年はまず足がつかねえってことだ。いまさら美咲がじたばたしたって、盤石の体制は揺るぎゃしねえよ」

19

赤石山脈で美咲を突き放してから三年経った。正午すぎだが辺りは暗い。厚い雲が上空を覆っている。のみならず叩きつけるような降雨が、田園地帯を沼地同然に変えていく。

ちくしょう、美咲の奴め。匡太は唇を噛んだ。鉄壁のアリバイが尽きた三年後、たちまちすべてを密告しやがった。

匡太は田んぼの畦道を死にものぐるいで駆けていった。着の身着のままのジャケットはずぶ濡れだったが、気にはしていられない。枯れ草に同化できるみすぼらしさなら、むしろ天然の迷彩として歓迎できる。

豪雨の音は滝に等しい。それでも無数のサイレンのほか、拡声器のがなり声が耳に届く。なにを喋っているかさだかでないあたり、クソ田舎の防災無線とそう変わらない。匡太への警告なのはあきらかだった。内容もきくまでもない。だが少なくともうったえたいことがあるなら、せめて聴覚で識別できる物言いにしろってんだ。

濃霧をともなう雨足のなか、いきなり黒い影がいくつも眼前に出現した。ヘルメットとシールドのシルエットが間近に浮かぶ。機動隊員だった。ひとりが怒鳴った。

「いたぞ！」

匡太も馬鹿ではなかった。腰にまとめた長さ三メートルのロープには、両端に錘がつけてある。瞬時に地面に這い、錘のひとつを右手のサイドスローで投げ、きっかり二秒後にもうひとつの錘を左手で投げる。相互の遠心力がロープを突っぱらせ、敵ひとりの足首に接触するや、直径三メートル圏内にあるすべての障害物に絡みつく。立ちふさがった機動隊員ら全員の足首を巻きこみ、束ねるように強く締めあげる。機動隊員は揃って転倒した。

武器を奪いたいがそんな暇はない。敵勢が襲来するのは畦道だけでなかった。辺りの田んぼを突っ切り、さらなる人影の波が押し寄せてくる。匡太は必死に逃走した。この豪雨のなかなら、追っ手の目にも匡太の姿は視認しづらいはずだ。

ところがそのときスマホの着信音が鳴った。匡太は走りながら舌打ちした。音で居場所を知らせてどうする。スマホをとりだし画面を見ると、タキと表示されていた。

足をとめず通話ボタンを押す。匡太はスマホを耳にあてた。「どうした」

「匡太さん！」顆磯の声は絶叫に近かった。「きやがった。オズヴァルドに機動隊が」

「なんだと!?　銀座のデパートは？　サリン撒いたんじゃねえのかよ」

「ちゃんと撒いたっスよ。でもなぜかそんなに死人もでてねえし、警視庁も余裕ぶっこいて、こっちに突入部隊を寄越しやがって」

「ぐずぐずしてねえで脱出しろ。逃げれる奴はみんな逃げろ」

「でも匡太さんは……」

「俺のことはいい！」

「架禱斗はどうしますか？　いま外にでてますが」

自分の荒い息遣いが静寂に響いた。匡太は思わず歩を緩ませた。

十三歳になった架禱斗。司法の手厚い保護で骨抜きにさせてたまるか。だが半グレ同盟が拠点にしているほかの店舗も、きょう一斉突入を食らったときく。千葉のヤードにいたジャファルももういない。妊娠したラブドールが産んだ子を中東へ売ったのを、千葉県警に突きとめられてしまい、あえなく逮捕された。架禱斗を託せる仲間は皆無だった。

いや、ひとりだけいる。匡太はいった。「美咲に連絡をとれ。架禱斗をよろしく頼むってな」

「なっ」顆磯が絶句する反応をしめした。「匡太さん……」

「いいからそう伝えとけ！」匡太は通話を切った。人影の波がかなり距離を狭めてきている。身を翻した匡太は、ふたたびがむしゃらに走りだした。

拡声器はあいかわらずなにを喋っているかわからない。だが音量が大きくなった気がする。サイレンも明瞭にきこえるようになった。包囲網が縮小しつつあるようだ。

うかつだった。警視庁は美咲の密告により、裏付け証拠を揃えたらしく、匡太の指名手配に踏みきった。逃亡生活を送りつつも匡太は、銀座のデパート地階にサリンを撒けと指示しておいた。いったん半グレ同盟の犯行だと警察に見抜かせておき、じつは匡太ら全員のアリバイが立証される運びだった。

ところが警察は問答無用とばかりに、半グレ同盟を一網打尽にする作戦にでた。けさ匡太は中山道馬籠宿近くの旅館でくつろぎ、サリン散布の成果について報告をまっていたが、完全に不意を突かれた。この期におよんでオウムの二の舞とは癪に障る。行く手の濃霧から、なおも続々と人影が出現する。機動隊員だけではない、迷彩服は自衛隊員にちがいなかった。

腐りきった国家め。半グレ同盟は恒星天球教とはちがう。テロではなく金銭の獲得こそ第一目的、れっきとした犯罪者集団だ。あとは世にカオスを広めることにしか興味はない。犯罪の取り締まりは警察が引き受けるべきだろう。にもかかわらず自衛隊まで出動させるとは卑怯きわまりない。

機動隊と自衛隊が同時に押し寄せる。匡太はジャケットの下から針金を巻いた輪をとりだした。今度は一端に鉄パイプが結わえてあり、もう一端にはなにもない。匡太は針金をつかみ、鉄パイプを縦に振りまわした。行く手を阻む敵勢が接近を躊躇したのがわかる。むろん本気で脅威を感じている気配はない。ただようすを見ようというのだろう。

だが匡太は鉄パイプで襲いかかるつもりはなかった。ぶん回した鉄パイプを斜め上方に放り投げる。「ギガディンでも食らえ、くそったれども！」

針金は完全に匡太の手を離れた。鉄パイプの飛んだ先には、畦道沿いに並ぶ電柱のあいだ、電線が横たわっている。

鉄パイプを錘がわりに針金が電線に巻きついた。とたんに落雷に等しい閃光が一帯に走った。豪雨のなかを高圧電流が駆け抜ける。機動隊と自衛隊が同時に絶叫を発し、人影がばたばたと倒れた。匡太は後方に跳躍したものの、感電から逃れきるのは難しかった。鞭に打たれたような痺れが全身を包みこむ。匡太は田んぼに落ちた。たちまち服が泥まみれになった。

じつは純水それ自体は絶縁体なのだが、雨水は不純物を含むがゆえ導体になっている。電線に針金が巻きついても、電気の逃げ場がなければ放電はありえない。しかし滝のように降り注ぐ豪雨のなかでは別だった。強烈な稲妻が一瞬にして拡散され、至近の敵勢を打ち倒した。問題は匡太の身をも危険に晒す、諸刃の剣という事実だ。匡太は麻痺状態のまま泥に溺れかけていた。放電はもうやんだはずが、神経に感覚が戻らない。

歯を食いしばり、無理やり足を踏ん張る。全身を突き動かし、なんとか泥のなかを前進しだした。そのとき甲高い音をききつけた。匡太がはっと息を呑んだとき、ごく近くの田んぼに巨大な水柱があがった。轟音が大地を揺るがす。

自衛隊のクソが。迫撃砲だ。手段を選ばないにもほどがある。焦燥が感覚を呼び覚ましたのか、関節が機能するようになってきた。匡太は必死に田んぼのなかを駆けだした。一歩踏みだすたび膝まで泥に沈む。両腕を振りかざし、あたふたと前進するさまは、きっと滑稽にちがいない。ホステスどもも愛想を尽かすほどの醜態だろう。だがいまはなりふりかまってはいられない。

縦揺れが突きあげた。轟音が響き渡り、激しい震動が地面をつづけざまに揺さぶる。迫撃砲は連射されていた。むろん標的は匡太ひとりだ。多勢に無勢どころの話ではない。

泥のなかで足を動かすコツがわかってきた。走るペースがようやくあがりつつある。

みるみるうちに着弾が近くなってくる。威嚇目的ではないらしい。至近距離に爆発が起き、泥水が放射状に噴きあがった。まるで間欠泉だ。眼前に閃光が走り、足もとの泥濘（でいねい）が粉砕され、大きな陥没ができるのをまのあたりにした。俯瞰（ふかん）でそれを眺めているのは、匡太自身が爆風に吹き飛ばされたせいだと気づいた。

身体が宙に浮いている。たちまち重力に引かれ、少し離れた田んぼの水面に叩（たた）きつけられた。甲高い耳鳴りをききつつ匡太は跳ね起きた。なおも一心不乱に逃げ惑う。連続する爆発が空気中に泥の粒を撒き散らした。いっそう視野が閉ざされていく。行く手がまるで見えなくなった。

背後に爆発が起きた。すさまじい爆風に身体が押され、匡太は前のめりに突っ伏した。

身体が沈まない。泥ではなく雑草の生い茂る斜面に俯（うつぶ）せになっている。ただし上半身のみだった。下半身はまだ田んぼのなかだ。どうやら新たな畦道（あぜみち）に達したらしい。迫撃砲は沈黙したようだ。匡太は息を切らしながら顔をあげた。

愕然（がくぜん）とする眺めがそこにあった。畦道は黒山の人だかりだった。全員が機動隊員と自衛隊員だとわかる。何千何百もの銃口が正円を描き、匡太ひとりに狙いをさだめていた。

真正面に立つのはレインコートに身を包んだ中年男だった。男の冷ややかな目つきが匡太を見下ろした。「警視庁捜査一課の蒲生だ。優莉匡太。ひとつきいていいか」

質問のためだけに迫撃砲を浴びせたわけではないだろう。匡太は田んぼに浸かり、畦道の道端に寄りかかったまま応じた。「なんだよ」

「ユウリってのは凶悪犯になりがちな苗字なのか？　何年か前まで、そういう女医を追いかけまわしてたんでな」

「哀川翔と愛川欽也が同類かよ。読み方が同じってだけで、俺までテロリストあつかいか。迫撃砲で吹っ飛ばしてもかまわねえと思うわけだな」

蒲生は平然と鼻を鳴らした。「予想よりもよく喋る男だ。取調室でもその調子で頼む」

さすがに息があがっていた。匡太は道端に両肘をつき、頭を抱えながらうつむいた。落ちこんだのではない。思わず苦笑が漏れてくる。美咲の勝ちだ。女ってやつは怒らせると怖い。初めて会ったときの印象のままだ。あいつはいつも予想を超えてくる。

20

匡太は拘置所送りになったのち、逮捕に至るまでの経緯を知った。美咲が誰に対し、どのように密告したかを、捜査員の言葉から初めて推測できた。

美咲は匿名の手紙が自宅に投げこまれたように偽装した。封筒は夫に開封させた。そこには匡太の逃亡先が記してあった。たぶん美咲は架禱斗と秘密裏にやりとりしていたのだろう。匡太の居場所からデパートへのサリン攻撃計画、オズヴァルドの内情まで、すべては美咲に筒抜けになっていた。

矢幡嘉寿郎は手紙を警察庁長官にあずけた。匡太が逮捕されると、矢幡による情報提供の貢献が大々的に報じられた。報道を機に、ふたたび矢幡の国民支持率が高まり、ほどなく総理に復帰した。

美咲の奴。匡太を売り、まんまと総理夫人として再起しやがった。忌々(いまいま)しさが募る半面、たぶん架禱斗をうまく海外に逃がせたのだろう、そうも思った。母子の絆(きずな)か。まさかひとりだし抜かれるとは考えもしていなかった。

拘置所でうんざりさせられたのは、精神鑑定のための面接という、きわめて不毛なやりとりの時間だった。精神科医の質問にどう答えれば、どのような結果がでるか、匡太は詳細に知っていた。予想どおり反社会性パーソナリティ障害に演技性パーソナリティ障害、自己愛性パーソナリティ障害の診断がでた。これに心神喪失状態がつけば責任能力なしで無罪が狙える。

優莉匡太の裁判が始まった。罪状は四十七の殺人罪、二十六の殺人未遂罪、二十九の殺人予備罪のほか、逮捕監禁致死罪、武器等製造法違反、死体損壊罪、薬事法違反など。そのていどかと匡太はせせら笑った。これまで積み重ねてきた犯罪のごく一部しかあきらかになっていない。友里佐知子とのつながりが発覚していないだけでも儲けものだった。彼女のルートで密輸した銃器類は、いまもあちこちのキュウリに温存してある。

東京地裁での初公判の日、罪状認否で匡太は特になにもいわなかった。検察側は死刑を求刑。判決まで数年が経過し、匡太は四十代の終わりに近づいた。

ようやく下った判決は求刑どおり死刑。弁護側は即日控訴した。東京高裁で控訴棄却、最高裁に特別抗告をおこなったが、これも棄却。匡太の死刑は確定した。

矢幡美咲は総理夫人。匡太は死刑囚。ふたりの現状はそんなふうに落ち着いた。

死刑囚になった匡太は、東京拘置所に身柄を移された。所長の五十歳、賀戸安太郎は嫌な男だった。チビで太っていて、制服がはちきれそうになっているうえ、頭髪も薄かった。それでいて生意気な態度をとりつづける、典型的な小物の類いといえた。

初対面の室内で賀戸所長は、軽蔑のまなざしとともに告げてきた。「優莉匡太、おまえのような男は本来、一秒たりとも生きとる場合ではない。私の手でみずから殺してやりたいところだが、手続きを踏まなきゃならんのがもどかしい」

ベージュのつなぎを着せられた匡太は、両手を後ろにまわしたうえで手錠をかけられていた。腰縄も巻かれている。周囲には刑務官らが立っていた。

それでも匡太は鼻を鳴らし、賀戸所長を見かえした。「おめえが俺を殺す？　ボディプレスで飛びかかってきて、肥満体の贅肉による圧死でも狙おうってか？」

賀戸は表情を変えなかった。なにやら刑務官に目くばせし、両手を差し伸べる。ふたりの刑務官から警棒が一本ずつ渡された。太鼓のバチのように左右の手に握る。

いきなり賀戸は匡太の腹を警棒で殴りつけた。油断していたわけではないが、思いのほか強力な殴打を浴び、匡太は前のめりになり咳きこんだ。

鬼の形相と化した賀戸が、さらに両手の警棒を交互に打ち下ろしてくる。後ろ手に拘束された匡太に身を守るすべはなかった。匡太は床に叩き伏せられた。なおも背中に打撃を何発も食らった。

失神するほどでなくとも痛いものは痛い。ようやく殴打がやんだとき、匡太は全身の痺れとともに横たわっていた。刑務官らが力ずくで引き立てる。背骨が引き裂かれるほどの激痛が走る。

日本の刑務官が紳士的というのは嘘だ。以前に捕まったことのある半グレ同盟メンバーからそうきいた。監視の目がない場所では刑務官の本性が現れる。野蛮きわまりない連中が好き放題に暴力を振るいまくる、それが常らしい。だが司法施設の長にまで、この種の馬鹿がいるとは思わなかった。

賀戸が声を荒らげた。「逆らうな。どうせ死刑執行まで間もないだろうからな。毎晩震えながら眠りにつけ」

げんなりした気分で匡太は問いかけた。「あんたさ、どっか大手出版社に知り合いいねえか」

「なんの話だ」

「せっかくだし本を書きてえんだよ」

「獄中日記を著すのなら紙と筆記具を貸してやる。だが出版はできん」

「なんでだよ」

「拘置所における死刑確定者の暮らしは極秘事項になる。所内の施設についても公表は許されん」

「あー、そうかい。だけどな、俺が書きてえのは、自分の経験に基づく教育本でよ。生き延びるための秘訣ってやつを世に伝授しときてえ。俺の同類のためにな」

「危険思想を広めさせるわけにはいかん」

「だから犯罪ハンドブックじゃねえんだって。もっと精神的な心構えを説くやつよ。人間誰でも、命懸けの真剣勝負に臨まなきゃいけねえ場合があるだろ。平たくいえば、あらゆる局面にゃ自分に負けねえためのコツがあってな。そいつを本にしてえ」

「出版してどうする気だ」

「さあな……。俺には複数のガキがいるからよ。印税はそいつらにくれてやったらどうかってな」

「子供たちの意思いかんによるが、なんにせよ優莉匡太の名での出版は不可能だ」

「……ペンネームならいいのか？」

賀戸は警棒を匡太の鼻先に突きつけた。「戯言は弁護士にでもきかせろ。独居房でおとなしくまて。地獄に落ちる日をな」

刑務官らが匡太を廊下へ連れだした。東京拘置所はやたら大きな建造物だった。迷路のような廊下を右に左に曲がり、エレベーターに二度乗ったのち、独居房こと単独室なる部屋のひとつに行き着いた。

　鉄製のドアのなかは三畳一間、実際に畳敷きだった。奥だけ板張りになっていて、そこには洗面台がある。畳の上には小さな卓袱台。奥の窓は特殊強化ガラスだろう。鉄格子はなかった。

　部屋に入ると手錠が外された。刑務官がいった。「教誨師の手配をせにゃならん。仏教でいいか？」

「恒星天球教かオウム真理教がいい。呪いのブードゥー教も悪くねえな」

　刑務官が匡太の腰縄をほどいた直後、間髪をいれず背中を蹴り飛ばした。匡太はつんのめり、畳の上に俯せに倒れた。

「ふざけんな」刑務官が凄んだ。「おまえみたいな手合いが信心深いとは思わん。教誨師など呼ぶだけ無駄だが、いちおう規則で仕方なく手配してやる。さっさと宗教を選べ」

　匡太は突っ伏したまま応じた。「特に仏教徒でもキリスト教徒でもねえんだよ。どうすりゃいいってんだ」

「なら神道でいいな？　神社から教誨師を呼ぶからな」

「ひとつ条件つきで頼む。若造の神主なんて信用できねえ。それと子供のいねえのを」

「子供がなんの関係がある」

「俺には大ありなんだよ。人の親みてえな立場から説教を食らいたくねえ」

「ああ。おまえのもとに生まれた不幸な子供が大勢いる。多少の引け目は感じているわけか」刑務官がドアの外に立った。「おまえなりに悔い改めろ。死刑当日に取り乱さないためにもな」

「取り乱すような奴がいるのかよ」

「大勢いる。おまえもどうせそのひとりだ」刑務官は吐き捨てるようにそういうと、部屋の外からドアを乱暴に閉じた。施錠の音が響く。

匡太は両脚を投げだし、ぼんやりと天井を仰いだ。畳は居心地がいい。ひとつ執筆にでも従事するか。個室に缶詰になっていると思えば、世の売れっ子作家とそう変わりはしない。

21

匡太が連行されたのは、独居房とはまた別の狭い部屋だった。

壁には例によって、鉄格子のない特殊強化ガラスの窓が一枚。室内の真んなかには、事務机サイズのテーブルが、手前と奥に二分割されたうえ、巨大なアクリル板を挟んでいる。アクリル板は天井と壁、床の隅々まで達し、部屋を半々に区切っている。デスクの手前に椅子があった。刑務官らが匡太を座らせ、手錠を外すと退室していった。匡太はひとりだけ部屋のなかに残された。

いつものベージュのつなぎ姿ではない。ワイシャツとスラックスの着用を認められた。ネクタイは首吊り自殺を避けるため提供できないという。身内の前ではそれなりの格好をさせてやる、そんな配慮か。余計なお世話だと匡太は思った。

よく見るとアクリル板は正面にのみ、いくつかの小さな穴が集中的に開いていた。通話口だ。双方に声が届くようにするためにある。

ここが面会室か。警察の留置場にある同様の部屋より、明るくて清潔に思える。窓も採光に充分だった。設計に細部まで気を配ってあるようだ。

匡太はいちおう姿勢正しく座っていた。のけぞったり斜にかまえたりしたのでは、貴重な面会が中止になる恐れがあった。ひさしぶりに身内と会えるのはすなおに嬉しい。本音では架禱斗や美咲に会いたかったが、それは叶わないとわかっている。匡太は警察による取り調べ中、美咲の名をけっして口にしなかった。あの裏切り女に未練があるわけではない。母親が逮捕されれば、中東にいる架禱斗の存在が発覚する。それではつまらない。

解錠の音が響いた。アクリル板の向こうにある、もうひとつのドアが開いた。

入ってきたのは制服姿の女学生だった。すらりとした身体つきをブレザーとブラウス、スカートに包んでいる。長い黒髪に縁取られた白い小顔、つぶらな瞳(ひとみ)、澄ましきった表情。

匡太は言葉を失った。中学生になった結衣は、幼かったころにくらべ、はっきり母親に似てきていた。姿かたちばかりではない、匡太に一瞥(いちべつ)をくれようともしない素振りや、隙のない動作もそっくりだった。左手が軽く髪を掻(か)きあげる。右利きでないことをのぞけば、友里佐知子の十代のころを、初めてまのあたりにしたかのようだ。

アクリル板の向こうで結衣が着席した。父と娘が向かいあった。なんとも微妙な空気が漂う。匡太は勝手がちがうのを自覚した。ガキというのはコアラのように小さな生き物、いつしかそんな固定観念が刷りこまれていた。次女が面会に来ると知らされてからも、なんとなく九歳の結衣を思い描いてきた。匡太にとっての結衣は、それぐらいで成長がとまっていた。

当然ながらそんなはずはない。結衣はもう十代半ばだ。匡太は子供を誰ひとり小学校に通わせなかったが、いまはちがう。警察に保護された結衣は、愛知の公立小学校から静岡の中学校に進学した、そうきいていた。

　奇妙なものだと匡太は思った。友里佐知子の未成年のころに見える一方、匡太自身に似ているところもある。顔のパーツは鼻や口について、佐知子より匡太の遺伝のほうが濃い気がした。瞼の腫れぼったさが受け継がれなかったのは幸いかもしれない。しらけたように退屈そうな表情は、ふだん独居房で窓に映りこむ匡太の顔にうりふたつだった。

　匡太はニヤリとしてみせた。「でかくなったな」

　わざと結衣の胸のあたりを眺めながらそういった。結衣が無言で見かえしてきた。特に反応がないため、匡太はもういちど結衣の胸に顎をしゃくってみせた。

　娘にどういうリアクションを期待してのことだろう。匡太は自分に問いかけた。たぶん胸のあたりを手で押さえ、やだ、そうつぶやいてほしかった気がする。

　だが結衣はなにもいわなかった。ざけんなと吐き捨てそうな面持ちではあるが、結衣は沈黙を貫いている。ただしノーリアクションではなかった。ちっ、と結衣は舌打ちをした。

　赤石山脈でしごいていたときには、けっしてしめさなかった反抗的態度。匡太は頭に血が上るのを感じた。「いま舌打ちしやがったか」

死刑がきまり、アクリル板で隔離されていても、父親への恐れが消え失せたわけではなさそうだった。結衣は仏頂面ながら、気まずそうに視線を落とすと、居住まいを正した。

匡太は逆に椅子の背に身をあずけた。「会いに来るのがおめえひとりとはよ。なぜ来た?」

結衣がわずかに目を泳がせた。蚊の鳴くような声で結衣はささやいた。「ききたいことが」

「なんだ?」

「……わたしのお母さん、誰?」

ふたりきりの室内が静まりかえる。結衣のほうはたったいま口をきいたばかりだ。静寂の理由は匡太が黙っているからにほかならない。

目の前に友里佐知子の顔がちらついた。というより、友里にそっくりのまなざしが匡太に向けられていた。疑わしげに見つめる上目づかいが母親に酷似している。頬肉を微妙に吊りあげるあたりは、匡太の癖と共通していた。

匡太は結衣を見かえした。「知ってどうするよ」

「……ただ知りたい」

「いねえよ。おめえの母親はいねえ」

　事実だった。友里佐知子は死んだ。世間に知られていた献身的な女医としての顔、恒星天球教の教祖アウンナ、いずれもうわべだけの虚像だ。あの女の現実をいまに伝える情報はなにひとつない。

　なおも結衣が問いかけてきた。「詠美(えみ)や凜香(りんか)のお母さんとはちがう？」

「ちげえな」

「架禱斗兄ちゃんや篤志兄ちゃんとも？」

「似ても似つかねえことぐれえ、ひと目でわからねえか？」

「……智沙子とは同じだよね」

「おい結衣」匡太は脚を組んだ。「つまらねえ話はよせ。おめえは今後のことだけ考えてろ」

「今後って……？」

「おめえ、俺の娘だろが。俺みたいに生きろ。気にいらねえ奴はぶっ殺せ」

　ふいにドアが開く音がした。匡太がいるほうのドアだった。刑務官が怒りの形相をのぞかせた。「面会を中止させるぞ」

「あー、悪(わり)い」匡太は片手をあげてみせた。「娘との与太話だ。大目に見ろよ」

「今度また同じようなことを口走ったら、それっきりだからな」刑務官は吐き捨てると、ドアの向こうに消えた。荒々しくドアが閉じたのち、施錠の音が響いた。

匡太は結衣に目を戻した。結衣の首すじにわずかに残る傷に、匡太は気づいていた。頸動脈を断とうと鉛筆かなにかで突き刺した痕だ。誰かにやられたわけではない。位置と角度から察するに、左利きの結衣が自分で刺した。確実にやれば即死のはずが、狙いが逸れたのだろう。生にためらいを残していたのがわかる。

傷はもうめだたなくなっている。自殺を図ったのは保護された直後ぐらいか。匡太はつぶやいた。「死にてえと思ったのに、ぶざまに生きてやがるのか」

「お父さん」結衣が喉に絡む小声で、なおも質問してきた。「なんでわたしには、きょうだいが大勢いるの？」

「なんでって」匡太は思わず笑った。「そりゃ、お父さんがよ、いろんな女と取っ替え引っ替えヤったからだ。おめえの歳ならもうわかるだろ」

「そんなに多くの女が、お父さんとヤりたがったの？」

「ああ、引く手あまたの大人気でよ。女ってのはみんなヤられたがりでな。イヤよイヤよも好きのうちってな。無理やりおっ始めたら本性現しやがる」

結衣はうつむきがちだったが、語気がわずかに強まった。「それはちがう」

「あ？」

「女は誰でも潜在的にそういうことを望んでるなんて、性犯罪者の思いこみ。妄想。強姦を都合よく正当化するための、認知の歪みってやつ」

匡太のなかに一時的な混乱が生じた。淡々と口にする物言いは友里佐知子のそれに思えてくる。と同時に、核心を突いてくる鋭さは、ほかならぬ匡太自身の論法だった。気づけば憤怒とともに立ちあがっていた。匡太は見境なしに一喝した。「黙れ！　俺の精子と女の卵子の化合物のくせに、生意気な口をきくんじゃねえ！」

ところが結衣は座ったまま、やけに尖った目で見上げてきた。「お母さんはお父さんを怖がって、抵抗できなかっただけ」

「おめえになにがわかる」

「乱暴な男に力でねじ伏せられるのを望む女なんて、どうかしてる」

てめえ母親が誰だか知ってんのか、恒星天球教の教祖だぞ、そうわめき散らしたくなる。

匡太はふと結衣の策略に気づいた。これは挑発だ。刑務官が聞き耳を立てている状況で、父親が口を滑らせる、そんな致命的な事故を誘発しようとしている。むろん結衣自身も母親の名を聞きだしたがっていた。この小娘め、なかなかの策士に育ちやがった。

ドアの向こうから刑務官の嘲る声がした。「ざまあねえな、優莉匡太」

「うるせえぞクソ看守！」匡太はドアにがなり立てた。「コソコソ隠れてほざいてんじゃねえぞ！　制服組のザコ野郎が！」

「お父さん」結衣の声は落ち着いていた。「ほかにもききたいんだけど。なんであんなことを？」

「あんなこと？」匡太は苛立ちとともに、椅子にドカッと座った。「ほかにもって、セックス以外か？　なんの話だ。多すぎてわからねえ」

「なにもかも。お父さんがいってたのと、本当の世のなかはちがってた」

「どうちがってた？」

「……世間はみんな馬鹿ばっかりだって、お父さんはいってたでしょ。生きてる価値もない奴らだって」

「正しいだろ。学校へ行ってるくせにわからねえのか？　クラスにどうしようもねえクズが群れをなしてねえか。教師も頭が膿んでやがる手合いばっかだろ。ぶっ……」

ぶっ殺してやればいい、匡太はそういいかけたが口をつぐんだ。刑務官が踏みこんでくる事態は避けたい。

結衣の虚空を見つめる目が、わずかに潤みだしていた。「学校は、そんなに悪いとこじゃなかった」

「本気か？　おめえ絶対に孤立してるよな。友達なんかひとりもいねえだろ。優莉結衣と名乗った時点でみんなドン引きだよな。教師もおめえを毛嫌いしてねえか。上履きが消えたり、持ち物がなくなったり、どこからともなく石を投げられたりしてんだろ」

「オズヴァルドよりまし」

まし、その言いぐさが匡太そのものだった。声のトーンや話し方も、友里よりは匡太に共通していると感じる。教育の賜だろう。匡太はそれなりに満足感を得ていた。

「教師はクソだろ？」

「タキ兄ちゃんやコウイチ兄ちゃんよりはやさしい」

「クラスメイトに乱暴な猿もどきの男子がいるだろが」

「架禱斗兄ちゃんや篤志兄ちゃんほどじゃない」

匡太は顔をしかめてみせた。「おめえはなにもわかってねえ。だから俺が捕まるべきじゃなかったんだ。俺はたったひとりでこの世を滅ぼす男だからよ」

「……滅ぼす？」

「おうよ」匡太は身を乗りだした。「結衣。お父さんがなんで、みんなひとり残らず死んでほしいかわかるか」

結衣は黙って見かえした。軽蔑（けいべつ）に似たまなざしは、やはり友里が何度となく向けてきた視線と重なる。

「答えろ、結衣」匡太は繰りかえした。「なんで俺はみんなに死んでほしいと思ってる？」

こんな話がしたいわけではない。結衣の顔にはそう書いてあった。「みんなって……？」

「この世の全人類のことだ」

「人がいなくなれば環境破壊がとまるとか……？」

匡太は気取りぎみにうつむいていたが、耐えきれなくなり顔をあげ、大声で笑った。「おまえ、しょうもな！　俺はあれか、どっかの漫画にでてくる奴か？　しょうもな！　誰も見てねえのに草木だけ生えててどうするよ。俺はただ人が死にまくってほしいだけなんだよ」

あきれ顔はむしろ匡太に似ている。どうやら陳腐な発言にきこえたらしい。もっと具体的に伝えてやりたいが、刑務官が聞き耳を立てている以上は不可能だ。

「いいか」匡太は声をひそめた。「死刑になっても俺は命をつないでやる。代わりにほかの奴を吊るしてやる。ボタン押しの係員が悶え苦しむさまを、じっくり見物してやる。楽しみでいまからぞくぞくしやがるぜ」

声量を小さくしても、刑務官にききとれないほどではなかったらしい。ドアが弾けるように開いた。刑務官が警棒を振りながら入ってきた。「そこまでだ、優莉。懲罰を覚悟しとけ」

だが刑務官を制したのは、アクリル板の向こうの結衣だった。「まだ時間じゃないはずですけど」

刑務官がぞんざいにいった。「所長からの指示だ。優莉匡太、立て。独居房に戻るぞ」

だが結衣の尖った目つきが刑務官をとらえた。「所長さんからはなんの指示もなかったでしょう。うかがいを立ててもいませんよね。父をほっといてください」

室内がふいに静かになった。匡太はもう腰を浮かせかけていたが、刑務官が動きをとめた。薄気味悪さを感じたように、刑務官が結衣を見つめる。この小娘はなぜ事情を知っているのかと、訝しく思ったようだ。

からかい半分に匡太は刑務官を煽った。「所長を連れてくるか？」

苦々しげな表情で刑務官が踵をかえした。「残り一分だぞ」

刑務官は足音を騒々しく響かせながら退室した。閉じたドアが施錠される。

沈黙のなか匡太は結衣を見つめた。「なんでわかった?」

「……なにが?」

「あいつが所長から指示を受けてねえって」

「あー」結衣は視線を落とした。「さあ。顔を見てなんとなく」

これは驚いた、匡太は心のなかでそうつぶやいた。友里佐知子の特技そのものだ。と同時に、なにやら空恐ろしくなってくる。匡太は結衣を凝視した。「おめえ、俺のケツ毛まで見透かしてんじゃねえだろな」

結衣が眉をひそめ見かえした。母親もきっとこういう目つきをしただろう。〝ケツ毛?〟とたずねかえさず、下品なワードには沈黙を守るあたりも、友里佐知子を受け継いでいる。

急に匡太はやりにくさを感じだした。結衣は案外、思った以上に大人なのではないか。まだまだと侮っていたが、じつは意外に成長している気がする。あるいは荒削りであっても、のっぴきならない才能がのぞく。これはひょっとして大物になるのではないか。

娘に対し、高飛車にものをいいたいと望みながら、どことなく空回りしている自分を感じる。世によくきく父親みたいだと匡太は思った。そんな例に当てはまってたまるか。「結衣、もっと自分に正直に、好きなように生きてみろ。俺はずっと見守ってるからよ」

結衣はもうすっかりしらけているようすだった。「見守るって、お父さんは……」

「死刑になる。だがそのあともおめえを見守るんだよ。おめえだけじゃねえ、きょうだい全員をな」

怨霊（おんりょう）となってでもつきまとうという脅し。もしくは守護霊として永遠に見守るという言いぐさで、涙を誘おうとしている。どちらにせよ父はまともではない。そういいたげな結衣が、うんざり顔でつぶやきを漏らした。「もう帰りたい」

そのひとことにすかさず反応したように、アクリル板の向こう側のドアが開いた。女性刑務官が入ってきて結衣に歩み寄った。「だいじょうぶ？　立って」

こちら側のドアも開き、さっきの刑務官が踏みいってきた。「時間だ、優莉。娘さんも愛想を尽かしたみたいだな」

匡太は立ちあがるとアクリル板に両手を這（は）わせた。「おい、結衣！　生きにくさを感じたら、この世がまちがってる証拠だと思え。好き勝手に暮らせ。気にいらねえ奴はぶっ殺しちまえ！　お父さんのいってたことはぜんぶ本当だからよ。おめえは優等生だ、社会のすべてをぶっ壊せ！」

刑務官が匡太を羽交い締めにした。「こいつめ。いい加減にしろ！」続々と刑務官の応援が駆けつけ、匡太を床にねじ伏せる。アクリル板の向こうで女性刑務官が結衣を連れだそうとしている。結衣は何度も振りかえったが、ほどなくドアの向こうに消えていった。

匡太は跳ね起きると刑務官らに反撃した。こぶしを浴びせては蹴りを食らわせる。四人ほど叩きのめしたとき、背後から強烈な電撃を食らった。スティック状のスタンガンだった。市販品をはるかに上回る威力だ。感電により全身が痺れる。匡太はその場に突っ伏した。すかさず後ろ手に手錠がかけられた。

「連れてけ！」刑務官のひとりが怒鳴った。匡太は複数の刑務官らに抱えあげられた。うちひとりの頬に痣ができていた。ついいましがた殴った刑務官だった。

反抗は支配側を憤らせるばかりではない。ある一線を越えると、その傍若無人ぶりに魅了される人間もでてくる。現にいま、匡太の身体を支える刑務官の横顔には、かならずしも憎悪のいろが浮かんではいない。刑務官がぼそぼそとささやいた。「あんたはたいした男だ。死刑になるってのにバイタリティにあふれてる」

「だろ？」匡太は半ば麻痺状態で連行されつつも、口もとを歪めてみせた。「人はパンのみにて生きるにあらず。給料だけもらって楽しいか？　俺ぁよ、まだ女を抱くのをあきらめちゃいねえ」

22

東京拘置所長、賀戸安太郎は特別な朝を迎えていた。

夜が明ける前から、蛍光灯の青白い光の下、東京拘置所の廊下に歩を進める。この静寂のなか、分厚いドアの向こうで、あの男はなにを考えているのだろう。賀戸がいちいち頭を煩わせる日々も、きょうで終わりだ。優莉匡太は永遠にいなくなる。あの最低最悪の男が地上から消え去る。みずから死刑を執行できることに、賀戸はこのうえない満足をおぼえていた。

しだいに窓の外が明るくなってきた。巡回と朝礼を終え、賀戸は所長室に戻ると、一連の書類に目を通した。法務大臣の署名が入った執行命令書がある。いつもと同じ文面を読み進めるだけでも気分が昂揚してくる。

責任の重さにため息をついてみせるのは、密着取材のカメラが入ったときだけだ。

ひとりきりでいるいまは、思わず小躍りしたくなる。馬鹿野郎の息の根をとめられる喜びは、なにごとにも代えがたい。この世のクズを葬り去るだけに、なんの罪悪感もともなわなかった。いわば国家の認可を得た合法的な殺人だ。それもみずから首吊りのボタンを押すわけではない。ただ命令を下せばいい。法治国家に受け継がれる野蛮な儀式。そのすべてを取り仕切る立場にある。いつも処刑が終わったあとの酒が美味い。食欲減退などありえない。死刑執行には給料に特別手当がつくのもありがたい。

朝食の箸が進む。軽いゲップとともに食事を終え、所長室でひとり時間を持て余す。時計を見ると午前九時を過ぎていた。そろそろ担当刑務官が優莉匡太に、きょうの予定を告げる。死刑執行の日だと。

むかしは執行の前日に知らせた。死刑囚はそれを受け、身内と最後の面会を果たす機会を得られた。いまはちがう。当日の朝にならねば本人には通達しない。激しい動揺をしめす死刑囚も少なくない。刑場への連行中、死刑囚の泣きわめく声が、所長室まできこえてきたりもする。けさはそのかぎりではない。さしもの優莉匡太も観念したか。どれだけしょぼくれているか、顔を合わせるのが楽しみだ。

現時点ではまだ所長が出向く状況にない。出房した死刑囚が、刑場の教誨室に籠もる時間だ。匡太はこれまでも何度か、教誨師の神主夫婦と面会してきた。案外おとなしく言葉を交わしていたときく。反省の弁が告げられたことはいちどもないようだ。そういうところはいかにも優莉匡太らしい。

いまは教誨師との最後の面接時間になる。匡太は神棚に手を合わせるだろうか。喫煙の自由があたえられるため、そちらを優先するかもしれない。菓子も要求できるが、匡太は甘いものが好きではない。遺言書をしたためる機会でもある。子供になにか書き遺した場合、警察へ渡さねばならない。匡太は幾多の犯罪で得た資産をどこかに隠している。全国にまだ逮捕を逃れている仲間が大勢いるとも目されていた。遺言書にはそれらのヒントが記される可能性が高い。

遺言でふと思いつくものがあった。賀戸は引き出しを開け、原稿用紙数百枚の束をとりだした。

エンピツで綴られている。優莉匡太の肉筆原稿だった。生意気にも出版はKADOKAWAでと指定してきた。むろん賀戸はどこにも話を通していなかった。この原稿が拘置所の外にでることはない。奴の世迷い言ひとつ遺させるものか。

そろそろ時間だった。原稿用紙の束を大きめのクリップで留めた。執行命令書や指揮書とともにわきに携える。姿見の前で制服の皺を伸ばし、制帽とネクタイをまっすぐにした。賀戸は所長室をでた。これからお定まりの儀式が始まる。

所長専用の動線を抜け、刑場へと向かう。執行室とカーテンで仕切られた前室に足を踏みいれた。

室内には刑務官四人が立っていた。検察官と医官のほか、斎服姿の神主夫婦もいる。阿宗(あそう)神社の杠葉功治(ゆずりはこうじ)と芳恵(よしえ)夫妻だった。ふたりとも神妙な顔で賀戸におじぎをした。賀戸も頭をさげてみせた。

神道には死後の裁きという概念がない。天国と地獄のどちらへ行くか、死刑囚のそんな質問に答えずに済むのは、教誨師にとっても気が楽かもしれない。もっとも、この夫婦もただ仕事として、ここに出向いたにすぎない。教誨師は無償とされるが、じつは高めの祭祀料(さいしりょう)を得られる。都内のちっぽけな寺社や教会であっても、全国教誨師連盟に登録していれば声がかかる。ほかの祭事と同じだ。若い死刑囚は教誨師に泣きついたりするが、四十九歳の優莉匡太はそんな厄介者ではなかったようだ。いまも夫妻は死刑囚と揉(も)めることもなく、ただ無言でたたずんでいる。

優莉匡太は刑務官に囲まれていた。いつもどおりのベージュいろのつなぎ姿で、黙って立ち尽くしている。髪と口髭(くちひげ)はきれいに整えられていた。死刑の前に本人が希望すれば散髪がある。憔悴(しょうすい)しきっているのか視線は落ちていた。手錠は嵌(は)められていない。教誨室から前室に移動してからはみなそうだ。いまさら逃げようもない。このあとカーテンの向こう、執行室へ赴く際にはまた手錠をかけられ、目隠しもされる。逃走防止ではなく、あくまで処刑をスムーズに進めるための処置だった。

賀戸は手もとの書類を繰った。「ええと、これが指揮書だ。よろしく頼むよ」

検察官が指揮書を受けとる。執行の段取りなど、すっかり頭に入っているだろうが、いちおう書類を渡しておく義務がある。

次いで賀戸は執行命令書を匡太にしめした。「見てのとおり法務大臣の署名捺印いりだ。いまからおまえの死刑を執行する。覚悟はいいな？」

返事はなかった。匡太はうつむいたまま顔をあげずにいる。所長に嚙みつく威勢のよさも、とうに失われているようだ。

「それとな」賀戸は原稿用紙の束を手のなかで弄んだ。「この原稿だが、忘れずおまえの棺にいれてやる」

初めて匡太の視線があがった。無表情に匡太がきいた。「棺に？」

「ああ。燃えるもんなら棺に放りこんでもかまわないからな。あの世で読みかえせ。自分ひとりでな」

匡太が神主夫婦に顎をしゃくった。「あの世なんてねえってよ。教誨師さんたちがそういってた」

賀戸は鼻を鳴らした。「神道じゃそうだろうな。とにかくこの世では、こんな原稿は誰の目にも触れさせん」

「話がちがうじゃねえか」

「私はなんの約束もしていない」

「なんで出版できねえんだよ」

「理由か？　うまくごまかして書いたつもりだろうが、この原稿は危険思想に満ちとる。若者が読んで、本人も自覚しないうちに影響がでるのを狙ったんだろうな。急場を生き抜くための知恵などと偽装しているが、じつは暴力的で排他的な思考回路だ」

「生き延びてこそナンボだろうが」

「死せる罪人の言葉としては皮肉だな。直接的に表現はしていないが、動物の狩りに喩えた一連のくだりは、ずばり殺人の手ほどきだろう」

「不屈の精神を学んでほしいだけさ」

「架空の著者を装っておいてか？　この外国人の執筆者……ええと」賀戸は老眼鏡をかけた。「ああ、ジョアキム・カランブー。どこからこんな名を思いついた？」

匡太の声はやけに低く落ち着いていた。「唐辺丈城。俺の本名がもとになってる」

一瞬は思考が追いつかなかった。賀戸は原稿を眺めていたが、初めてきく名だと気づき、はっとして顔をあげた。「なに？　カラベ……ジョウキ？」

「そうとも。フランス人の名前っぽく、カランブーのジョアキムとしてみた。洒落てるだろ」

「裁判でそんな名はひとことも……」

「告げちゃいねえよ。阿呆な検察どもが、そこまでたどれるわけがねえ」

「でっちあげで処刑を延期できると思っとるなら大まちがいだぞ」

「ちげえよ。その原稿を読んでわかんなかったか？」匡太はいきなり両手を前にだした。左右のてのひらを肩の高さにあげ、匡太がふてぶてしくいった。「俺の極意はよ、生き延びることにある」

両わきに立つ刑務官がそれぞれ、警棒を一本ずつ匡太の手に握らせた。賀戸は愕然とした。思わず目を疑ったそのとき、二本の警棒が唸りながら眼前に飛んできた。殴打された事実に実感が追いつかない。匡太が猛然と左右の手で警棒を振るう。賀戸は縦横に打ちのめされた。なにが起きているのかさだかではない。自分の鼻血が飛散するのを見た。気づけば賀戸は床に叩き伏せられていた。

老眼鏡が落下した。拾う余裕もない。あまりの激痛に、身体の節々が感覚を喪失していた。賀戸はへたりこんだ状態で、恐怖とともに一同を仰ぎ見た。

検察官、医官、四人の刑務官。いずれも冷えきったまなざしで賀戸を見下ろしている。教誨師の杠葉夫妻も同様だった。全員が匡太と同じ目つきで、揃って沈黙を守っている。誰ひとり賀戸に手を差し伸べようとはしない。

床に落ちた原稿の束を、匡太が踏んづけたうえで、自身のほうに引き寄せた。「俺の原稿だ。返(けぇ)してもらうぜ」

目の焦点がさだまらない。なにもかもぼやけて見える。震えがおさまらなかった。

賀戸はうわずった声を発した。「いつの間に……。刑務官まで味方に……」

匡太は両手首ごと警棒を回転させながらいった。「お察しのとおり、原稿の第六章〝ドラムや太鼓の特異な打ち方で心身を鍛えるべし〟ってのは、フィリピン棒術カリの鍛錬でよ。読んだ奴が切羽詰まればその意味を悟るはずでな」

「おまえ……まさか……」

「狩猟の喩え話っぽく書いた、銃口の前に立ったとき正円じゃなきゃ当たらねえってのも、実戦に基づく重要な知恵でよ」

賀戸は絶句していた。なんという恐ろしい男だろう。やはりあの原稿は危険思想を流布させるための悪書だった。あらゆる表現が直接的でなく、間接的な比喩(ひゆ)ばかりを装っているが、感化された読み手は果てしなく凶暴になりうる。思想に触れただけで人を惑わせ、寝返らせてしまう。優莉匡太は本物の悪魔だった。

　長年のつきあいの医官に賀戸は呼びかけた。「目を覚ませ！　こんなのはまちがっとる。あんたは医者だろう。人命を救うのが仕事のはずだ。私を見殺しにする気か」

「……所長」医官が淡々と告げてきた。「死刑の立ち会いと、人命を救う仕事との両立は困難です。私の引き裂かれそうな心をつなぎとめてくれたのは匡太さんです」

「なっ……。あんた正気なのか」

「死刑とは極秘のうちに、ごく少数の関係者のみで執行するものです。ただしご承知のとおり、このあと遺体を搬出し、荼毘（だび）に付さねばならない。そのため一体必要なんです。処刑後の死体がね」

　あらゆる血管が凍りつき、血流のすべてが滞ってくる。賀戸は震える声を絞りだした。「その死体というのは……」

　匡太が眼前に仁王立ちになり、賀戸を見下ろした。「てめえだよカス」

　絶望に心臓が脈拍を打つのすら忘れている。賀戸の目の前に警棒が唸りながら飛んできた。

23

日没後の渋谷区松濤、高級住宅街に連なる豪邸の数々が、赤色灯にせわしなく点滅する。ひときわ大きな矢幡嘉寿郎総理の私邸を、パトカー数十台が囲む理由はふたつある。さらなるテロの被害が総理夫人にまでおよぶのを防ぐため。もうひとつは殺到するマスコミを遠ざけるのが目的だ。

黒ジャケットを羽織った優莉匡太は、難なく敷地内への侵入を果たした。地区条例の緑化計画とやらで植栽を義務づけるのは、防犯面になんらプラスにならない。屋根から屋根へと飛び移るための足場が、無数に用意されているに等しい。

一緒に潜入した巨漢も黒ずくめだった。浅黒い顔にスキンヘッド、プロレスラーのような体格ながら、まだ十代の終わりという若さだ。庭先の暗がりで鰺坂孝顕がささやいた。「神奈川県警のSATだけじゃ足りずに、警視庁のもあっちへ行ってるそうっす。ここにゃ狙撃部隊は来やしませんよ」

ならば周りの屋根に注意を向ける必要はない。匡太はジャケットの下からコンバットナイフを引き抜いた。音を立てずに始末するには刃物にかぎる。邸宅の裏側にまわりつつ匡太はいった。「警備会社のセンサーは?」

鰺坂が歩調を合わせてきた。「無効にしてありやす。美咲は気づいていないっスよ」

「よし、一分で片をつける」

「匡太さんが直々におでましになることもなかったのに」

「俺の手であの世に送ってやりてえんだよ。死刑台にあと一歩まで迫った俺としちゃあな」

裏庭の木々を抜けていくと、窓明かりが目に飛びこんできた。鰺坂が姿勢を低くする。匡太も立ちどまった。

掃きだし窓は閉じていたが、レースのカーテンの向こうに、照明の灯った室内が透けて見える。美咲がいた。彼女の個室らしい。豪邸に夫婦のみで暮らすからには、美咲の部屋もひとつやふたつではないだろう。ここは書斎然としている。ライティングデスクに腰掛けた美咲は、悲痛な面持ちでうつむき、フォトスタンドの写真を眺めていた。

旦那の写真か、もしくは夫婦のツーショットあたりか。いまこの時間も矢幡嘉寿郎は、武蔵小杉高校で人質になっている。美咲ひとりきり、周りに誰の目もない以上、漂う哀感が芝居とは思えない。服装は質素なドレスにすぎず、今後の記者会見で目立ちたがっている気配もなかった。意外な横顔だと匡太は思った。こんなにしおらしい女だったのか。

呼び鈴が鳴った。美咲が顔をあげた。フォトスタンドを卓上に残し、ゆっくりと立ちあがると、部屋をでていく。後ろ手にドアを閉じた。

侵入の好機だ。指示するまでもなく鰺坂が動きだす。明かりの点いた掃きだし窓に駆け寄り、枠の隙間に薄い金属板を挿しこんだ。イタリア製の窓のロック機構は容易に解錠できる。鰺坂がすんなりと窓を横滑りに開けた。警報も鳴らなかった。

匡太は鰺坂につづき土足であがりこんだ。美咲はおそらく玄関先で警察関係者と話しこんでいる。匡太と鰺坂は邸内のどこかに身を隠せばいい。美咲が戻ってきたら間髪をいれず仕留めねばならない。

鰺坂がドアへ向かう。匡太はライティングデスクを一瞥した。はっと息を呑み、その場に立ち尽くす。とっさに匡太はささやいた。「鰺坂、まて」

ドアを開ける寸前だった鰺坂が振りかえる。「どうかしたんですか」

卓上のフォトスタンドに手が伸びる。匡太は写真を凝視した。

矢幡嘉寿郎の写真ではなかった。ベッドで上半身を起こす美咲は、いまよりかなり若かったが、すっかりやつれている。その隣にいるのは、まだ赤ん坊だった架禱斗に身を寄せる、見るからにふつうっぽい表情の男だった。ほかならぬ匡太だ。片手を架禱斗に添え、もう一方の手を自撮りのために伸ばしている。

尻江島の診療所で撮ったあれか。なんともいえない感慨に胸を締めつけられる。ライティングデスクの引き出しは半開きになっていた。ふだんはしまいこんであるのだろう。こんなしろものを夫の目に触れさせられるはずがない。

なんて顔だ。そう吐き捨てたくなるのは美咲についてばかりではない。匡太自身、こんなに冴えない自分の面構えなど、おそらく初めてまのあたりにする。どれほど呑気だったのか。とぼけたように弛緩した表情には、かすかな当惑と、安堵のいろが混ざりあっている。

初めて架禱斗を抱いた瞬間を思いだす。小さくて柔らかいその身体に、ただ言葉を失った。そこに生命が宿っているのをたしかに感じた。皺くちゃの顔に匡太や美咲の面影が重なる。この赤ん坊は自分たちの一部だ、そう思った。泣き声はとんでもなくうるさかった。それでもふしぎと怒りはこみあげてこなかった。まずは心に安らぎをあたえてやるべきだ、そんな義務感をおぼえた。ふしぎな思考だ。とても自分の脳だったとは思えない。

大学のころ、笹霧匡太に酔狂な友情を抱いた。いまでも頭の弱い饗庭甞一をほうっておけない。友里佐知子は智沙子を見捨てられなかった。赤子のときの架禱斗もそうだ。ようやく理由がはっきりしてきた。どうにもならない力のなさを目にするたび、もしそれが自分だったら、そんな恐れが生じる。なんとしても守ってやりたくなる。当時の気分に浸りきるうち、ほどなくフォトフレームが視野に入ってくる。過去のひとコマの写真にすぎない、そう感じられるようになった。

匡太はため息まじりにつぶやいた。「美咲を殺すのはやめる」

鰺坂が妙な顔になった。「野放しにしたんじゃ、今後なにを口走るか……」

「なにも喋(しゃべ)りゃしねえさ。中東に逃がした架禱斗と一蓮托生(いちれんたくしょう)の身だからな」匡太は掃きだし窓にひきかえした。「でるぞ、鰺坂。俺は武蔵小杉高校へ行く」

不本意そうに鰺坂が追いかけてきた。「高校のほうに紛れこむのは、身体のでけえ俺には不向きです。死ね死ね隊から別の奴らが行ってます」

「おめえはもう帰っていい」

窓の外の暗がりへと戻る。鰺坂も釈然としない面持ちながら、黙って掃きだし窓からでてきた。ところが窓を閉じるより早く足音がきこえた。匡太と鰺坂は近くの木陰に身を潜めた。

部屋に入ってきた美咲が、憂鬱(ゆううつ)そうに視線を落とす。ふとレースのカーテンが揺らぐのに気づく素振りをしめした。美咲が窓辺へと歩み寄ってくる。ずっと窓が閉じられていたという確信は持てないらしい。侵入の疑いを募らせたようすもなく、美咲は窓を閉めると施錠した。

美咲がふたたび背を向けるまでのあいだ、その顔を匡太は眺めていた。散々な目に遭わされたが、むしろそれゆえか、いまも変わらず魅力的に思える。運命がちがえば、この女と夫婦として結ばれる世界線もあっただろうか。

鰺坂が図体(ずうたい)の大きさに似合わず、軽々とした身のこなしで木の幹を登っていく。匡太もそれを追った。架禱斗が大成する日が楽しみだ。ろくでもない馬鹿息子に育ってもかまいやしない。匡太と美咲の子なら、筋金いりの悪党の血にきまっている。ほかの将来などありはしない。

24

五十代も何年か経つと、じきに還暦かよ、自嘲(じちょう)ぎみにそう嘆きたくなる。ただしそれが本気かどうかは人によってちがう。匡太はあくまで冗談としてぼやいているつもりだった。実年齢がそうであっても、心身ともにとにかく若く、老眼さえあまり進んではいない。むしろ若干の近視だった状況が、ちょうどよく改善されたように思う。明かりひとつない夜の校舎内だが、隅々まで見通せるほど夜目がきく。これも身体能力の高さを裏打ちしていた。暗がりのなかでも匡太は、廊下を埋め尽くす瓦礫(がれき)を正確に視認し、難なく踏み越えていった。

　非常灯ひとつ点いていない真の闇がひろがる。電磁波によってあらゆる照明が破壊されたせいだ。第一校舎のほうには火の手があがったため、それが唯一の光源にもなっている。激しく燃え盛る炎が揺らぎながら中庭を照らす。さっき通りかかったときにも、生徒らの逃げ惑う姿がぼんやりと浮かびあがっていた。しかしここ第二校舎一階、昇降口近くには、そちらから光が射しこむ窓もない。

　真っ暗な廊下に、ぼそぼそと男の声が響く。狼狽(ろうばい)しているのはあきらかだった。

「だめだ、無線もなにも通じねえ」

　もうひとりの声はさらにうわずっていた。「早くジンに合流しねえと。自衛隊がすぐそこまで来てるってのに」

「ほざけ。ケンキたちを殺(や)ったのは自衛隊じゃねえ。あの女子生徒だ」

　暗がりに蠢(うごめ)く人影は三体あった。揃って瓦礫の陰に身を潜めている。シルエットからバリスティックヘルメットや防弾ベストの装備が確認できた。全員がアサルトライフルを手にしている。弱腰な態度は最前線に置き去りにされた敗残兵そのものだった。

三人目は尋常でなく取り乱していた。「校舎ごと吹っ飛ばされちまう！　逃げねえと死ぬ！」

「落ち着け」最初のひとりが苛立たしげに吐き捨てた。「槙人さんが俺たちを見捨てるわけが……」

匡太は笑ってみせた。「槙人？　田代槙人か。あー、架禱斗のシビックに大口の発注をした顧客は、あいつんとこだったか。どうりでお粗末な戦局だな」

三人がびくっとして振りかえった。すべてのアサルトライフルの銃口が闇のなかをさまよう。電磁波で暗視ゴーグルも使いものにならなくなったのだろう。三人とも肉眼をそこかしこに向けている。ひとりが叫んだ。「誰だ!?」

「誰って」匡太は鼻を鳴らした。「おめえらの元締めに金貸した奴の父親だよ。負債回収の見込みはなさげだな」

言葉の意味が理解できるほど、三人が冷静だとは思えなかった。味方が全滅、孤立無援の状態となれば、切羽詰まるのも致し方ないだろう。うちひとりがわめきながらアサルトライフルを乱射しだした。閃光が連続するなか、あとのふたりも動揺とともに同調し、闇雲にフルオート掃射を始めた。せわしない明暗の繰りかえしのなか、すべての動作がコマ送りのように見える。

あきれた奴らだ。匡太は平然とたたずんでいた。銃火がせっかく闇を照らしだしているというのに、三人はいまだに標的をさだめられない。チュオニアンで鍛えた部隊だときいたが、このていどか。結衣に歯が立たないのもうなずける。

匡太はジャケットの下から、全長約二十七センチの大ぶりなオートマチック拳銃を引き抜いた。357マグナム弾なら九発入るところが、50アクション・エクスプレス弾を装塡しているため、マガジンには七発しかない。だが三人に対しては三発あれば充分だった。

右手のみでデザートイーグルを突きだし、すかさずトリガーを引く。重機関銃と同じガス圧が、凄まじい初速と運動エネルギーで、ライフル並みのサイズの50AE弾を撃ちだす。ひとりの胸部に命中するや、血飛沫とともに身体ごと後方へ吹き飛んだ。防弾ベストごときでは阻めない。

アサルトライフルの掃射音がひとりぶん消え失せた。残るふたりがひどくうろたえだした。仲間の防弾ベストが撃ち抜かれたのをまのあたりにしたからだろう。揃って怒声を張りあげ、残弾を掃射しまくる。

匡太はしらけた気分でトリガーを二度、つづけざまに引いた。一発はひとりのバリスティックヘルメットを貫通、脳髄を周りに飛散させた。もう一発は最後のひとりのアサルトライフル自体を直撃した。薬室の燃焼ガスに引火、マガジン内の全弾が誘爆し、銃の外殻が破裂する。手榴弾を抱えこんだまま爆発に至るのに等しかった。無数の金属片に全身を貫かれ、血みどろの武装兵がばったり倒れた。

乱射がやみ、また真っ暗になる。校舎内は静かになったが、中庭には自衛隊員の怒鳴り声がこだましている。銃声だ。まだあっちに誰かいるぞ。

匡太は悠然とセーフティをかけると、デザートイーグルをジャケットの下に戻した。斜め後方の瓦礫から物音がする。とっくに気づいていたが、あえて振りかえるまでもないと思った。自分で始末する必要はない。

四人目の武装兵が瓦礫のなかに伏せていた。跳ね起きるやアサルトライフルで匡太を狙い澄ましてきた。

ぐっ、と呻き声が漏れた。アサルトライフルの掃射はなかった。武装兵はその場につんのめった。脇腹にナイフが深々と突き刺さっている。

階段を下りてくる靴音とともに、口笛の音が反響する。匡太はそちらに目を向けた。ナイフ投げの達人は小柄で、セーラー服に赤いスカーフ、膝丈スカートを裾上げして短くし、太腿をあらわにしている。武器を詰めこんだリュックを背負い、一歩ずつ階段を下ってきた。

　匡太は静かに声をかけた。「着替えたのか、日登美（ひとみ）」

　中一の恩河（おんが）日登美はさばさばした態度で応じた。「死体から剝（は）ぎ取った制服、大きすぎて動きにくかった」

　この高校の制服のほうが、校内を動きまわるのに好都合のはずだったが、真っ暗闇になったのではそれも意味がない。匡太がききたいのはそれ以前のできごとだった。

「照明が灯（とも）ってるうちは、そこかしこに武装兵がいたろ？」

「ここの女子生徒だと思いこんだ馬鹿が数人、なめた態度で殺しに来やがったから、八つ裂きにしてやった」

「あきらかに結衣とは殺し方のちがう死体が、いくつか転がってるわけだ。結衣ひとりのせいにはできなくなったな」

「そいつらも」日登美が不機嫌そうに顎（あご）をしゃくった。「匡太さん。結衣はもうグラウンドにでてます。たったいま撃ち殺した以上、少なくともこいつらに関しては、結衣のアリバイを裏付けてやったようなもんです」

「そっか。そりゃ気づかなかったな」

　日登美の童顔が膨れっ面になった。「匡太さん。わざとやったろ」

「そう思うか？」

「どういうつもりっスか？　音を立てねえようにナイフ使えと、わたしにはいっときながら」

「ま、いいじゃねえか。こんな大虐殺テロが日本でも起きるようになった、きょうはその初っ端の記念日だぜ？　俺たちにとっちゃ祝杯もんだ」匡太は言葉を切った。自衛隊員らの声がきこえてくる。もう間近に迫ったらしい。匡太は昇降口の外へと歩きだした。「グラウンドへ行ってみるか。娘のために参観してんだしな」

日登美が腑に落ちない表情でついてくる。暗がりのなか校舎を抜けだすのは造作もなかった。外壁を迂回しグラウンドへ向かう。

夜の校庭はひどく混雑していた。無数の赤色灯が波打つ。警察や自衛隊の車両、救急車や消防車がひしめきあうなか、大勢の人々でごったがえしている。自衛隊の迷彩服のみならず、救急救命士も駆けまわっている。ホワイトボードがいくつも設置されていた。貼りだされているのは生存者の名簿だろう。

日登美が立ちどまりつつ、片手で匡太を制した。「あんまり近づくと、さすがに人目に触れます。匡太さんは有名人だし」

やけに大人びた口ぶりの女子中学生も、ある意味めだつ存在だろう。だが匡太は日登美の助言にしたがった。元死刑囚がうろつきまわっていると知れれば、武蔵小杉高校は武力襲撃どころではないパニック状態に陥る。

　グラウンドの中央に黒山の人だかりがあった。なにやら騒然としている。私服と制服の警官らの密集ぐあいからすると、あのなかに矢幡総理がいるようだ。

　匡太は耳をすました。矢幡の声がきこえてくる。「いますぐここを去れ」

「総理」刑事らしき声が心外だという響きを帯びていた。「これは警察による取り調べで……」

「検察には断じて優莉結衣を起訴させない！」

　どよめきが起きるなか、刑事の声が抗議した。「指揮権発動とは納得がいきません。彼女は優莉匡太の娘であり、取り調べ対象とする謂れは充分にあります。たとえ指揮権発動となっても、警察は捜査を続行し、相応の証拠固めを……」

　ほかの男の声が割りこんできた。「彼女が犯罪者だという証言でもあるのか」

　たぶん総理の側近だろう。SPかもしれない。刑事の声はたじろいだようすで応じた。「それはまだ、今後の捜査をまたないと」

「さっきほかの捜査員にきいた。校内で優莉結衣を見かけた生徒や教員は、みな異口同音に、彼女が事件とは無関係だったといってる。人を傷つけるところなど、まるで目にしなかったと。公安も把握してるんだろ」

「ざっと話をきいただけでは、正式な調書の作成には至りません」

「公安がみんなの証言を把握してるかどうか、そこをきいてるんだ」

刑事が苦々しげに認めた。「生徒らがどういってるかは、おおむね理解してます」

「結構。私も彼女と長く一緒にいたが、違法行為は見受けられなかった」

沈黙がひろがった。どうやらあの輪のなかに、矢幡とともに結衣もいるようだ。たいした人心掌握力だと匡太は思った。人質だった総理やSP、教師から生徒に至るまで、結衣を守ろうと嘘をついている。国家元首を味方につけるとは、さすが俺の次女だ。

あいつに正義感が芽生えたわけではない。オリンピック選手候補の田代勇次が脚光を浴びたのに触発され、自分なりの才能を発揮したくて暴走したのだろう。それが世間をドン引きさせるとわかっていても、結衣は衝動を抑えきれなかった。良心が行動原理でないのはあきらかだ。すなわち結衣を信用するなど自殺行為だった。矢幡にはそれがわかっていない。これは面白いことになった。

とはいえこんな運命の巡り合わせは予想もしていなかった。匡太はため息まじりにつぶやいた。「まさか結衣が、まんまと美咲の夫につけいるとはな。俺の穴兄弟に。

矢幡に嫉妬しちまうぜ」

日登美が不満げにこぼした。「ツラを拝みたかったのに、BTS並みの大人気で近づけやしねえっす」

「そのうち会うことになるだろうぜ。あいつを仕留められるのはおめえしかいねえ」

「そりゃ腕が鳴ります。いますぐ殺(や)っていいっスか」

「おい。俺ぁ幽霊だぜ？　夜ぐらい安らかに魂をさまよわせろ」匡太はタバコを口にくわえ、ライターで火をつけた。「架禱斗も結衣も、それぞれ達者なのがわかった。父親としちゃ猛烈に感動してるぜ！　日本から世界まで、荒れるだけ荒れりゃいい」

しばし沈黙があった。日登美の冷めた面持ちが見上げてきた。「こんな場所でタバコなんて、それこそ人目を引きますよ」

「だな。でも吸い始めちまったもんはやめられねえ。おいとまするか」タバコを吹かしながら匡太は踵(きびす)をかえした。

日登美はなにかいいたげだったが、黙って匡太に歩調を合わせた。すると周りでグラウンドの人混みに紛れていた味方たちが、いっせいに横並びにつづきだした。匡太は数十人からなる群れを引き連れ、校門へと向かっていった。

こいつらはみな武蔵小杉高校に潜伏していた。ひそかに結衣を支援したのではない、むしろジンの勢力を全員で後押しした。ところが結衣はそんなジン一味すら殲滅(せんめつ)してしまった。架禱斗がシビックなどという大事業を軌道に乗せる一方、結衣は総理大臣を守ってテロ部隊を根絶やしか。最高だぜ。

　くわえタバコで両手をズボンのポケットに突っこみ、肩で風を切りながら歩く。死臭の漂う学校の敷地内が妙に心地いい。根本的な過ちを抱える社会なんか滅べばいい。殺戮(さつりく)の恐怖が拡大するにつれ、秩序も失われていく。人ごときの作った階層に従属できるか。権力者どもと、それに媚(こ)びる日和見主義者どもの目に、現実を突きつけてやる。命令させやしない、匡太は強くそう思った。俺が好き勝手に暮らす自由に、いっさいの制限を加えさせない。

　……俺を殺しに来るとすれば、どっちだろな。架禱斗か。いや、結衣だろう。そんときは返り討ちにしてやるけどよ。

本書は書き下ろしです。

この物語はフィクションであり、登場する個人・団体等は、現実と一切関係がありません。

優莉匡太
高校事変 劃篇

松岡圭祐

令和7年 1月25日 初版発行

発行者●山下直久

発行●株式会社KADOKAWA
〒102-8177 東京都千代田区富士見2-13-3
電話 0570-002-301(ナビダイヤル)

角川文庫 24502

印刷所●株式会社暁印刷
製本所●本間製本株式会社

表紙画●和田三造

ISBN 978-4-04-115930-9 C0193

JASRAC 出 2409186-401

◇◇◇

角川文庫発刊に際して

角川源義

第二次世界大戦の敗北は、軍事力の敗北であった以上に、私たちの若い文化力の敗退であった。私たちの文化が戦争に対して如何に無力であり、単なるあだ花に過ぎなかったかを、私たちは身を以て体験し痛感した。西洋近代文化の摂取にとって、明治以後八十年の歳月は決して短かすぎたとは言えない。にもかかわらず、近代文化の伝統を確立し、自由な批判と柔軟な良識に富む文化層として自らを形成することに私たちは失敗して来た。そしてこれは、各層への文化の普及滲透を任務とする出版人の責任でもあった。

一九四五年以来、私たちは再び振出しに戻り、第一歩から踏み出すことを余儀なくされた。これは大きな不幸ではあるが、反面、これまでの混沌・未熟・歪曲の中にあった我が国の文化に秩序と確たる基礎を齎らすためには絶好の機会でもある。角川書店は、このような祖国の文化的危機にあたり、微力をも顧みず再建の礎石たるべき抱負と決意とをもって出発したが、ここに創立以来の念願を果すべく角川文庫を発刊する。これまで刊行されたあらゆる全集叢書文庫類の長所と短所とを検討し、古今東西の不朽の典籍を、良心的編集のもとに、廉価に、そして書架にふさわしい美本として、多くのひとびとに提供しようとする。しかし私たちは徒らに百科全書的な知識のジレッタントを作ることを目的とせず、あくまで祖国の文化に秩序と再建への道を示し、この文庫を角川書店の栄ある事業として、今後永久に継続発展せしめ、学芸と教養との殿堂として大成せんことを期したい。多くの読書子の愛情ある忠言と支持とによって、この希望と抱負とを完遂せしめられんことを願う。

一九四九年五月三日

新刊予告

『フィナーレ マジシャン最終章』

松岡圭祐

2025年2月25日発売予定

発売日は予告なく変更されることがあります。

角川文庫

日本の「闇」を暴くバイオレンス青春文学シリーズ

角川文庫

優莉結衣
高校事変 劃篇
松岡圭祐

原点回帰の面白さ!!

好評発売中

『伊桜里 高校事変 劃篇』

著：松岡圭祐

優莉匡太の七女・伊桜里は、5歳のときに養子として引き取られ、いまは中学生になっていた。優莉家の子ども達の多くはその宿命により過酷な道を歩んでいたが、果たして伊桜里は？　予想外の事実が明らかに！

角川文庫